그러니까 사랑이다

그러니까 사랑이다

출간일 2015년 12월 23일
지은이 이태상
펴낸이 전승선
펴낸곳 자연과인문
북디자인 신은경
인쇄 대산문화인쇄
판형 140×200
출판등록 제300-2007-172호
주소 서울시 종로구 삼일대로 58-1
전화 02)735-0407
팩스 02)744-0407
홈페이지 http://www.jibook.net
이메일 jibooks@naver.com

ⓒ2015 이태상

ISBN 9791186162118 03810
값 13,000

그러니까 사랑이다

이태상

c o n t e n t s

여는 글 _ 우리는 모두 이산가족이다

여는 글 ────

우 리 는
모 　 두
이산가족이다

────────────

　우리가 우리 부모를 선택하지 않았듯이, 우리는 각자의 '짝'을 선택하는 게 아니고, 운명적으로 선택을 받게 되는 것 같다. 스탕달이 말했듯이 본래 우리는 모두 더 할 수 없이 완전한 한 쌍의 행복한 커플이었는데 신(또는 여신)의 질투로 분리돼 흩어진 이산가족이기에 잃어버린 제짝을 평생토록 그리워하며 찾아 헤매는 것인지 모를 일이다.

　양자역학에서 '양자 얽힘quantum entanglement'은 두 부분계 사이에 존재할 수 있는 일련의 비고전적인 상관관계로 얽힘은 두 부분계가 공간적으로 서로 멀리 떨어져 있어도 존재할 수 있다는 학설을 말한다. 이 물리적인 이론을 과학자가 아닌 우리 보통 사람들이 이해하기는 어렵지만, 우리가 더욱 이해할 수 없는 너무도 신비로운 '인연'으로 얽힌 우리 마음의 입자들은 우리가 아무리 멀리 떨어져 있어도 서로를 한없이 그리워하면서 상호작용을 하고 있지 않은가. 어쩜 이런 우리 인연의 얽힘과 상호작용은 삶과 죽음의 경계마저 넘나드는 것인지 알 수 없다. 프랑스의 철학자 블라디미르 장켈레비치^{Vladimir Jankele-vitch}(1903–1985)도 "죽음을 피하는 사람은 삶을 피하는 사람이다. 죽음도 삶 그 자체이기 때문이다"라고 말했다지 않나.

최근 출간된 '굶주림 시장기가 나를 현대 여성으로 만들어준다. ^{Hunger Makes Me a Modern Girl}'란 자서전을 쓴 미국 작가 겸 배우와 음악가인 캐리 브라운스틴은 뉴욕 타임스와의 인터뷰에서 이렇게 말한다.

"호기심이 나로 하여금 희망을 품게 하고, 부정적인 것들을 멀리하게 한다. 나는 개방적이고 낙관적인 감흥을 느끼고 싶다. 그러는 것이 어두운 그림자를 드리우게 할지라도 말이다. Curiosity is what keeps me open to a sense of hope. It staves off negativity. I want to have a sense of openness and optimism, even if that means being open to things that are potentially dark."

강형철 시집 '환생'에 수록된 시 '재생'의 한 구절이 귓가에 맴
돌며 눈앞에 떠오른다.

명경으로 누운 호수

튀어 오르는 단치 한 마리

나도 처음 인간으로 지상에 올 때

그랬으리

이 시를 오민석 시인은 이렇게 주석을 단다.

티 없이 맑은 호수 위로 어느 한순간 온몸으로 튀어 오르는
물고기의 존재 선언. 우리는 모두 그렇게 지상에 왔다. 세월의
두께가 우리의 몸과 마음에 차곡차곡 쌓이는 동안, 우리는 저
푸른 시작에서 얼마나 멀어지는가. 그러나 매순간 번개처럼
튀어 올라 다시 시작을 선언(재생)하는 삶은 또한 얼마나 아름
다운가. 시간의 칼날은 시간의 푸른 힘줄 대신 권태의 실, 죽
음의 실을 짠다. 죽음을 거부할 수 없지만, 처음처럼 다시 튀
어 오르는 생은 삶과 죽음의 경계를 지운다. 그 혼종성混種性이
우리 삶의 두께이고 깊이다. 그러므로 의연하게 살고 싶은 자

들이여, 늘 다시 태어나자. 헤밍웨이의 말처럼 우리는 파괴될지언정 패배하지 않는다.

그
러
니
까

사
랑
이
다

• 사람만이 •
할　　수
있는　것 •

최근 미국에서 출간된 신간 두 권이 오늘의 우리 시대상을 잘 관찰하고 진단한다. 그 하나는 〈과소평가되고 있는 인간 : 놀라운 기계들이 결코 알지 못 할 것을 아는 우등생 인간들

Humans Are Underrated : What High Achievers Know That Brilliant Machines Never Will〉로 저자

조프 콜빈은 현재 컴퓨터가 인간이 해오던 일들을 인간보다 더 신속 정확하게 훨씬 더 능률적으로 수행하게 되어 인간을 도태시키고 있지만 절망할 일이 아니고 인간만이 할 수 있는 일을 찾으면 된다는 희망의 메시지를 전하고 있다. 지성 아닌 감성으로 서로를 돌보고 보살피는 인간관계를 맺는 일이란다. 기술적인 면은 기계에 맡기고 원만한 대인관계를 형성하는 일

에 치중하면 된다는 얘기다.

또 하나는 〈자신과 영혼 : 이상론 Self and Soul : A Defense of Ideals〉인데 저자 마크 에드믄슨은 이렇게 관찰하고 진단한다.

"서구 문화는 점진적으로 더욱 실용적이고 물질적이며 회의 적으로 진행되어왔다. 그러나 석가모니나 예수 같은 성인 성 자들은 의미 있는 자비심 충만한 삶을 추구한다. 재화를 획득 하고 부富를 축적하노라면 인간의 참된 도리에서 벗어나게 된 다. 성스러운 삶이란 욕망 이상의 인류를 위한 희망이다. 이 것이 일찍부터 생각하는 인간으로서 삶을 살기 시작하면서 느 낄 수 있는 최고의 만족감이다. Culture in the West has become progressively more practical, materially oriented , and skeptical... (like Buddha or Jesus) The saint seeks a life full of meaningful compassion. The acquisition of goods, the piling up of wealth, only serves to draw force from his proper pursuit. The saint lives or tries to live beyond desire. The saint lives for hope. Even early on, as they enter the first phase of their lives as thinkers, they'll have one of the greatest satisfactions a human being can have."

이 두 권의 책 내용을 내가 한 마디로 줄여보자면 사람만이 할 수 있는 건 '사랑'이란 말이다. 어찌 그렇지 않을 수 있으 랴. 자연을 사랑하고 이웃을 사랑하는 게 곧 나 자신을 사랑하는 것이고, 나 자신을 사랑할 때 내가 진정 행복할 수 있으니까. 그렇다면 영어의 사자성어四字成語 'love'는 우리말의 이자성어二字成語 '사람'과 '사랑'이라는 동음동의어가 돼야 하리라.

• 연애수업
인간수업
• 인생수업 •

요즘 '연애를 공부하는 청춘'들이 늘고 있어 '연애 토크콘서트' 행사가 유행한다는데 우리 생각 좀 같이 해보자. 연애가 사랑을 위한 것이라면 그 방법을 가르치고 배울 수 있는 것일까? 사랑이 빛과 열 같은 것이라면 아무리 가려도 어느 틈새로라도 뚫고 나와 날이 새듯 빛은 비추게 되고, 어떤 물질을 통해서라도 열은 그 더운 기운을 발산하게 되지 않든가. 첫눈에 반하면 반하는 것이지 내가 좋아하겠다고 해서 좋아지지 않는 일이다. 물론 상대방도 마찬가지 일 것이다. 이렇게 서로가 좋아하게 되는 경우는 극히 드물 테지만 이런 요행의 두 사람은 그야말로 '천생연분'이라 해야 할 것 같다.

하지만 나는 좋아하는데 상대방이 날 좋아하지 않거나 어느 누가 날 좋아하는데 내가 별로인 예가 흔한 것 같다. 이럴 경우 나 혼자서만 계속 짝사랑하면서도 상대방을 결코 괴롭히지 않고 그 사람의 행복을 늘 빌어줄 수 있다면, 이야말로 행복한 사람이다. 서로 거의 똑 같이 좋아하는 사람을 만날 때까지 기다리다 보면 부지하세월일 테니 일찌감치 적당히 편의상 결혼까지 했다가 울며 겨자 먹기로 마지못해 계속 같이 살거나 아니면 이혼해 헤어지는 수도 있다. 그리고 결혼을 하건 안 하건 또 이미 했건 안 했건 그 누구와도 순간순간 숨 쉬듯 언제나 사랑은 하고 살 수 있지 않은가. 한 사람도 좋고 백 사람도 좋고, 어린애도 좋고 어른도 좋고, 이성도 좋고 동성도 좋고, 우주 만물을 다 좋아할 수 있지 않나.

연애가 시라면 삶은 산문이라 할 수 있겠지만 그 반대로 산문으로 시작해서 시로 변하는 수도 있으리라. 이렇게 되기 위해서는 인간수업이 필요할 것 같다. 한 인간이 인류의 축소판이라는 것을 깨닫게 되는 수업 말이다. 이는 나 자신이 소우주이듯 한 순간이 곧 영원의 결정체임을 알게 되는 인생수업을 통해서만 가능하리라.

개성과
특성 :
천재론

또 한 권의 스티브 잡스 전기가 나왔다. 브렌트 쉬렌더Brent
Schlender와 릭 텟젤리Rick Tetzeli 공저의 〈스티브 잡스가 된다는 것
Becoming Steve Jobs〉은 2011년에 나온 월터 아이작슨Walter Isaacson의 〈
스티브 잡스Steve Jobs〉보다 더 좀 긍정적인 평가다. 한 가지 공통
점은 두 책이 다 스티브 잡스의 천재성에 대해서는 전혀 이의
가 없다는 것이다.

이것이 어디 스티브 잡스에게만 적용될 수 있을까. 이 세상
에 태어난 사람이면, 사람뿐만 아니라 동물, 식물 가릴 것 없
이 아니 생물뿐만 아니라 광물을 포함한 만물이 다 그렇지 않

으랴. 동물은 동물대로 식물은 식물대로 광물질은 광물질대로, 제 각기 개성과 특성이 형태와 구조가, 빛깔과 냄새가 그 수명과 지속성이 제 각각 타고난 천재성이 다 다르지 않은가.

그러니 꽃은 제 각각의 꽃대로, 풀도 나무도, 벌과 나비도, 새와 사람도, 바람과 구름도, 산과 바다도, 모든 별이 제각기 제식과 제 스타일로 반짝일 수밖에 없지 않겠는가. 너는 너대로 나는 나대로 말이다. 이것이 하늘과 우주의 섭리가 아니라면 무엇이겠는가. 그렇다면 어느 누구도 나와 같지 않다고, 나와 다르다고, 탓할 수도 없고, 또 내가 남 같지 않다고, 남과 다르다고, 스스로의 개성과 특성, 자신의 천재성을 무시하거나 망각해선 절대 절대로 안 되리라. 넌 너대로 난 나대로 만만세를 불러보리라.

上善
상선은
약 수
若 水

친구로부터 전달받은 메일에 감동을 받아 많은 독자들과 나
누고 싶어 소개한다.

간디의 유명 逸話

Episode 1
간디가 영국에서 대학을 다니던 시절
자신에게 고개를 절대 숙이지 않는 식민지 출신 젊은 학생을
아니꼽게 여기던 피터스라는 교수가 있었습니다.

하루는 간디가 대학 식당에서 점심을 먹고 있는
피터스 교수 옆으로 다가가 앉았습니다.

피터스 교수는 거드름을 피우며 말했지요.

"이보게, 자네 아직 잘 모르는 모양인데,
돼지와 새가 함께 앉아 식사하는 경우란 없다네."

이에 간디는 말했지요.

"아~ 걱정 마세요 교수님 제가 다른 곳으로 날아갈게요."

Episode 2

복수심이 오른 교수는 다음 번 시험에서 간디에게 엿을 먹이려 했으나,

간디는 만점에 가까운 점수를 받았습니다.

교수는 분을 삭이며 간디에게 다음과 같은 질문을 던집니다.

"길을 걷고 있다가 두 개의 자루를 발견했다.

한 자루에는 돈이 가득 들어있고, 다른 자루에는 지혜가 가득 들어있다.

둘 중 하나만 차지 할 수 있다면, 자넨 어떤 쪽을 택하겠는가?"

"그야 당연히 돈 자루죠."

"쯧쯧. 나라면 지혜를 택했을 거네."

"뭐, 각자 자신이 부족한 것을 택하는 것 아니겠어요?"

Episode 3

히스테리 상태에 빠진 교수는 간디의 답안지에 신경질적으로

멍청이^{idiot}라 적은 후 그에게 돌려준다.

채점지를 받은 간디가 교수에게 말했다.

"교수님, 제 시험지에 점수는 안 적혀 있고, 교수님 서명만 있던데요."

이 글을 보면서 내가 1970년대 잠시 런던대학교에서 법학을 공부할 때 겪은 일이 떠올랐다. 당시 법대학장으로 세계법학회 회장이다 등등 감투를 많이 쓰고 있던 모 교수님의 강의 때마다 그리고 그의 학기말 시험문제 답안 논문으로 번번이 그의 법이론에 내가 주제넘고 시건방지게 반론을 제기하자 이 교수님께서는 견디다 못하셨는지 내게 학점을 주시지 않을 뿐만 아니라 강의시간에 내 발언을 처음부터 중단시키고 닥치라고 얼굴이 붉으락푸르락 호통을 치시기까지 했다. 이 교수님 덕택에 나는 일찌거니 법학을 졸업하고 다니던 학교를 중퇴하고 말았다.

그 당시 다른 교수님 한 분이 계셨다. 이 분은 전직 외교관으로 영국 노동당 정부의 각료까지 지내신 분인데 석좌교수로 몇 개 강의를 맡고 계셨다. 나와 학장과의 충돌을 익히 알고 계셨는지 하루는 대폿집으로^{English Public House(Pub)} 날 초대해 주시고 날 위로해주시면서 하시는 말씀이, 자기가 평생을 두고 예의 관찰한 바로는 그 분(학장) 같이 세계가 좁다고 판치고 밖으로 나대는 사람들은 거의 다 하나같이 본인 스스로 만족하지 못하고 특히 가정적으로 불행한 사람들이더라. 그러니 괘념치 말고 차라리 그런 사람을 동정하고 이해하라는 말씀이었다. 그리고 부언하시기를 나처럼 이미 철학과 종교를 깊이 공부한 사람의 안목을 극히 협소한 시각의 율사들은 감당할 수 없기 때문이라며, 하지만 자기는 내 고차원의 명쾌한 논지를 높이 평가해 언제나 내게 후한 점수를 주었노라고 하셨다.

이런 일을 당하면서 전에 있었던 일이 오버랩 되는 것이었다. 1950년대 내가 서울대학교 문리과대학 종교학과에 들어갔을 때 당시 종교학과 주임교수님께서 한 강의 시간에 " 세계 모든 종교 중에서 기독교만 참 종교요 다른 것들은 다 미신이고, 기독교 신교 교파 중에서도 자신이 속한 감리교만 진짜고 나머지는 다 이단이며, 기독교인이 천 명이면 999명은 가짜 신자다"라는 말씀에 내가 정중히 이의를 제기하자 사탄아 물러가라고 입에 거품을 물고 외치시는 것이었다. 이 주임교수님 덕분에 내가 교회는 물론 기독교까지 진작 졸업하게 되어 두고두고 이 교수님께 깊이깊이 감사할 뿐이다. 그때부터 " 크리스천들만 아니라면 우리 모두 크리스천들이 될 수 있었을 텐데But for the Christians, we could all be Christians"란 간디의 탄식에 나도 전적으로 동감하고 동조하게 되었다.

"가슴 깊은 신념에서 말하는 '아니오'는 그저 다른 이를 기쁘게 하거나 위기를 모면하기 위해 말하는 '예'보다 더 낫고 위대하다"는 간디의 말에 중국의 한나라 한무제 때 사기를 쓴 사마천이 생각난다. 생각 좀 해보면 바른 소리 하다가 남성을 잃고 고자가 되거나 목숨을 잃고 일찍 세상을 떠나는 게 현명한 최선의 길이었을까 의문을 품게 된다. 미친 사람이나 미친개하고 싸우기보다 일단 피하고 보는 것이 상책이 아니었을까? 마치 물 흐르듯 뚫을 수 없는 바위를 만나면 돌아가고 절벽을 만나면 떨어지면서 흘러 바다로 가듯 말이다.

아, 그래서 예부터 상선上善은 약수若水라고 물과 같다 하는 것이리라.

그
러
니
까

사
랑
이
다

눈 뜬 장님과 '달리 보기'

아이와 바다

신바람이 분다

세상은 요술방망이로 열 수 있는 보물단지

눈 뜬
장 님 과
'달리 보기'

평소에 "나는 재벌이 아닌 성공한 노동자"라고 했다는 정주영이 성공한 노동자가 될 수 있었던 것은 그의 '달리 보기' 때문 아니었을까. 정주영뿐 아니고 어느 시대 어느 분야에서든 크게 성공하고 업적을 남긴 사람들은 하나같이 매사에 달리 보기를 한 사람들인 것 같다. 심지어 우리가 사회생활 하는데도 달리 보기가 필요하지 않은가.

실제로 있었던 일인지 지어낸 얘기인지는 몰라도 길을 가다 반대편에서 오던 사람과 세게 마주치고 화가 나서 "당신 눈멀었어?"라고 소리 치고 쳐다보니 장님이더란 이야기가 있다.

나의 동료 중에 '자이디'라는 인도어 법정통역관이 있다. 평생토록 파키스탄 항공사에 근무하다 지난해 은퇴한 친구다. 독실한 무슬림 신자로 매일같이 새벽 2시면 기상해서 한 시간 동안 몸을 씻고 두 시간 알라신께 기도한 다음 9시까지 출근하면 되는 직장에 7시면 나와 있다. 이 친구는 무척 날 좋아해서 인지 말끝마다 "넌 좋은 사람이야You are a good man"이라고 한다. 그러면 "세상에 나쁜 사람은 없어. 불완전한 사람들만 있을 뿐이지. 아무도 완전치 못해There are no bad people, only imperfect persons. Nobody is perfect." 웃으면서 난 이렇게 대꾸한다. 그는 자기 직속 상사를 비롯해서 제 맘에 안 드는 동료들을 '미쳤다'고 입버릇처럼 말한다. 물론 나한테만 하는 말이지만. 그럴 때마다 난 "너도 미쳤지. 네 식으로 말이야. You are crazy too, in your own way."라고 하면 그도 씨익 웃고 만다.

이렇게 달리 볼 때 우리는 서로를 이해하고 용납할 수 있을 뿐 아니라 나 자신 스스로를 더 좀 잘 알게 되지 않을까. 그리고 보이지 않던 가능성과 길도 기적처럼 우리 눈앞에 나타나지 않으랴. 전쟁을 비롯한 세상의 수많은 문제들이 우리에게 세뇌 주입된 선입견, 편견, 고정관념 등으로 우리가 서로를 오해하고 사태를 잘못 파악하는 데서 발생하는 것임에 틀림없다.

• 아이와
• 바 다 •

"아버지 죽지 말아요."

최근 터키 해변에서 시신으로 발견된 어린이 아일란 쿠르디가 바다에 빠져 허우적거리면서 아버지에게 한 마지막 말이란다. 아, 이 세 살 난 어린 아이가 어른 아빠를 걱정하다니, 모든 어른들이 할 말이 없지 않은가!

이 "아버지 죽지 말아요."란 말은 세 살짜리 꼬마 아일란이 온 인류에게 남긴 처절하고 절박한 메시지가 아니었을까. 더 이상 아름다운 지구를 더럽히고 파괴하지 말라고 하는 말일 것이다. 제 어린 목숨을 잃어가며 울린 엄중한 경종이었으리라.

헤밍웨이가 13년간 살았던 코히마르Cojimar는 어촌으로 '노인과 바다'의 실제 무대가 된 곳이다. 쿠바와 미국의 최근 국교 정상화에 따른 쿠바의 개방으로 북한의 형제국이라는 사회주의 이미지는 이제 어디서도 찾아볼 수 없게 되었다고 한다.

쿠바의 교육제도는 대학원까지 전액 무상이지만 젊은이들은 학교를 등지고 의사의 평균 월급 40달러를 하루 팁으로 버는 호텔 벨보이나 식당 웨이터로 나가는가 하면 클럽에는 쿠바 국민 월평균 수입 20달러의 4배인 80달러를 손님 1명에게서 받는 성매매 아가씨들로 붐빈단다. "우리가 젊었을 때였던 혁명 시기엔 아무리 배가 고파도 인생철학을 돈에 팔진 않았다"고 한 나이 든 관광 가이드는 개탄하더란다.

그렇다면 '노인과 바다'의 노인의 바다가 자본주의로 오염된 죽음의 바다로 변하고 있는 것인가. 어린이들이 이렇게 애절하고 애잔하게 죽어가는 세상에 어른들만 살아도 산목숨인가. 어린이들을 위해서가 아니라면 누구를 위해 산단 말인가. 70년 전 내 나이 열 살 때 지은 동시를 다시 읊어 본다.

바다

영원과 무한과 절대를 상징하는
신의 자비로운 품에 뛰어든 인생이련만
어이 이다지도 고달플까
애수에 찬 갈매기의 꿈은
정녕 출렁이는 파도 속에 있으리라
인간의 마음아 바다가 되어라
내 마음 바다가 되어라

태양의 정열과 창공의 희망을 지닌
바다의 마음이 무척 부럽다
순진무구한 동심과 진정한 모성애 간직한
바다의 품이 마냥 그립다
비록 한 방울의 물이로되
흘러 흘러 바다로 간다.

모름지기 우리 모두 아일란을 따라 사랑의 코스모스바다로
돌아가리라.

신바람이
분   다

　신바람이 난다. 미국 민주당 대통령 후보로 버니 샌더스가
미국에서 신바람을 불러일으키고 있듯 최근 영국에선 제러미
코빈(66)이 60%대인 거의 절대적인 젊은 층의 지지로 야당인
노동당 당수로 선출되었다.

　"우린 불평등할 필요도 불공평할 이유도 없고, 빈곤이 불가
피하지도 않다. 변할 수 있고 개선될 것이다. We don't have to be unequal,
it doesn't have to be unfair, poverty isn't inevitable. Things can change and they will change."

　이 짤막한 당선 수락 연설에서 그가 열광하는 청중들에게 한 말이다. 토니 블레어는 조지 W. 부시의 이라크침공에 동조하고 참가했다. 이로써 노동당이 아닌 사이비 보수당 정부로 변질 전락한 토니 블레어의 지도력에 환멸을 느껴온 노동당 당원들에겐 제러미 코빈의 성실성과 정직성이 새로운 희망과 비전을 제공한다.

채식주의자이면서 알코올을 전혀 입에 대지 않는 절대 금주자인 제러미 코빈은 현재 전 유럽과 세계를 경악시키고 있는 난민사태가 전적으로 불필요한 이라크 전쟁으로 유발되었다고 보고 규탄해왔다.

아, 우리 한반도에도 이와 같은 신바람이 하루 속히 일어야겠다. 시대착오적인 북한의 '몬도 카네' 같은 김씨 절대왕조나 남한의 줏대 없는 사대주의와 금전만능의 자본주의 '철수바람' 일랑 어서 걷어치우고 말이다.

1962년 이탈리아의 구알티에로 자코페티Gualtiero Jacopetti와 파올로 카바라Paolo Cavara가 감독했던 다큐멘터리 영화로 '개 같은 세상A Dog's Life'이란 뜻의 〈몬도 카네Mondo Cane〉가 있다. 영화의 내용이 상당히 충격적이라 전 세계적으로 크게 화제가 되었었다.

아, 이 '몬도 카네'의 개 같은 세상에 어서 현대판 홍길동과 임꺽정 같은 세계적 아니 우주적인 인물 '코스미안'이 나타나 세상을 바로잡아주기를 소망만 하지 말고 우리 모두 각자가 나부터 무지개를 타고 지상으로 내려온 코스미안 '무지코'가 되어 볼 거나. 티끌 모아 태산이라고 한 사람 한 사람이 각자의 일상생활에서 사랑과 평화와 조화의 삶을 도모해보리라.

세 상 은 요술방망이로 열 수 있는 보 물 단 지

최근 유튜브에서 Ana Yang의 너무도 멋지고 환상적인 버블 쇼를 보면서 우리 인생도 이와 같지 않을까란 생각을 했다. 알리바바는 '아라비안 나이트' 천일야화 중 하나인 '알리바바와 40인의 도적'에 나오는 가난한 나무꾼으로 "열려라, 참깨야Open sesame"라고 주문을 외면 40인의 도적이 숨겨둔 보물들이 있는 동굴의 문이 열린다는 이야기다.

지난 4월 모교에 150억 달러를 기부한 마 윈(영어명은 Jack Ma)은 그의 나이 35세에 '알리바바'를 창업해 세계 최대 온라인 쇼핑기업으로 키운 인물로 얼마 전 2,000명의 대학생들을 상대로 강연을 하면서 "나 같은 사람도 성공하는데 여러분도 얼마든지 성공할 수 있다"는 희망의 메시지를 전했다.

그러면서 그는 자기 자신이 얼마나 형편없이 보잘것없는 사람인지를 실토했다. 수학시험에서 100점 만점에 단 1점을 받을 정도로 머리가 나쁘고, 162cm의 작은 키와 45kg의 가벼운 체중에다 볼 품 없이 튀어나온 광대뼈며 곱슬머리의 영어강사로 한 달 월급이 고작 12달러로 생활했다.

그의 꿈은 영어교사가 되는 것이었다. 12살 때부터 영어를 배우려고 매일같이 자전거로 45분 동안 달려가 호텔에 투숙한 외국인들을 9년간이나 무료로 여행안내를 하면서 영어를 배워 하버드 대학에 10번이나 지원했으나 번번이 실패다.

또 다섯 명의 친구들과 함께 경찰학교에 지원했으나 자기만 떨어졌으며, KFC(Kentucky Fried Chicken)에 취직하려고 24명이 같이 입사시험을 봤는데 또 저만 불합격했단다.

그래도 그는 좌절하지 않았다. 그의 시선이 머무는 곳에 자신의 비전이 떠오르더란다. 미국 여행 중 처음으로 컴퓨터를 보고, 아 이것이 앞으로 세계를 지배하겠구나라는 생각을 하

고 고향에 돌아가자마자 컴퓨터 관련 창업을 했으나 실패했
다.

그러나 그는 결코 포기하지 않았다. 그가 창업에 실패한 후
중국 대외 경제무역부에서 일할 때 외국 기업인을 안내하면서
알게 된 두 사람이 있다. 재일교포 손정의 회장과 야후의 창
업자 제리 양이다. 알리바바를 창업할 때 제리 양은 10억 달
러를 투자했고, 창업 초창기 한 건도 성사시키지 못하고 좌초
한 상태에서 손정의 회장의 투자금 2,000만 달러로 회생할 수
있었다고 한다.

한 가지 특기할 만 한 사항은 그 동안 그가 소로스와 빌 게이
츠 그리고 버핏과도 친교를 맺어오면서 발견한 사실은 이들의
공통점으로 이들은 하나같이 대인관계가 원만하고, 어떠한 경
우에도 아무도 원망하지 않으며 불평하기는커녕 외려 좋은 기
회로 삼아 모든 것을 축복으로 감사해한다는 것이다.

전에 내가 뉴욕 스태튼 아일랜드에 살 때 스태튼 아일랜드
대학 스포츠센터 수영장에 가면 각 중고교 수영팀 선수들을 위
한 것이었겠지만 한 쪽 벽에 큰 글씨로 쓴 '승자는 훈련하고 패
자는 불평한다. Winners practice, losers complain'는 플래카드가 걸려 있었

다. 마 회장 이야기가 대양 같은 큰 성공 스토리라면 그 억만 분의 일도 못될 물방울 같은 내 얘기도 좀 해보리라.

나는 1936년 12월 30일 평안북도 태천에서 12남매 중 11 째로 태어났다. 지금은 네 살 아래 막내아우마저 지난해 내 생일에 세상을 떠나 나 혼자 남았다. 다섯 살 때 아버지가 돌아가시고 초등학교 3학년 때 해방을 맞았으며 중학교 2학년 때 6.25동란이 일어났다.

중학교 1학년 때 가출해 길거리에서 신문팔이 하면서 학교를 다녔고, 동란 중에는 미군부대 하우스보이를 한 덕에 나중에 군에서 카투사로 근무하게 되었으며, 제대 후 영자 신문 기자로 근무하다 미국 대학교재 출판사의 한국과 영국 대표를 지냈고 현재는 정년퇴직도 없는 뉴욕 주 별정직 공무원 법정 통역관으로 근무하고 있다.

10년 전 전립선암 진단을 받고 내 세 딸들에게 남겨 줄 유일한 유산으로(어려서부터 한 푼 두 푼 열심히 벌기가 무섭게 신나게 쓰기 바쁘다 보니 재산이라고 모아 놓은 게 아무 것도 없어) 아빠가 살아온 삶을 아주 짤막한 동화 형식으로 작성한 원고를 거의 1,000개 국내 출판사에 보내봤으나 딱지만 맞다가 천우신조하셨는지 자연과인문 출판사에서 기적처럼 '어레 인보우' 그리고 이어서 '코스미안 어레인보우', '무지코', '어레 인보우 칸타타', '무지코 칸타타'와 역서 '예언자' 그리고 '뒤바 뀐 몸과 머리'가 나오게 되었다.

'어레인보우'가 출간된 이후 영문으로 새로 써서 2,000여 군데 미국과 영국 출판사에 문의해온 끝에 미국 출판사 May-haven Publishing, Inc.에서 영문판 '코스모스 칸타타: 한 구도 자의 우주여행Cosmos Cantata: A Seeker's Cosmic Journey'가 출간되었다.

그 더욱 흥미롭고 놀라운 일은 두 출판사 대표가 다 여성으 로 소설과 시나리오 극작가며 시를 쓰는 시인들이란 사실이 다. 두 분 다 나를 위해 '서시'와 '축시'를 써 주셨다. 세상에 이 이상의 영광과 광영이 또 어디 있으랴! 아주 어렸을 때 지은 동시 '꿈이어라, 숨이어라'를 인생 80년 가까이 살아오면서 거 듭 거듭 읊게 된다.

꿈이어라 꿈이어라 인생은 꿈이어라
꿈속에서 꿈꾸는 인생은 꿈이어라
인생은 꿈이기에 꿈인 대로 좋으리라

인생이 꿈이 아니라면

사나운 짐승에게 갈가리 찢기는

사슴의 아픔과 슬픔을

어찌 참아 견딜 수 있을까

숨이어라 숨이어라 우리 삶은 숨이어라

숨 속에서 숨 쉬는 우리 삶은 숨이어라

우리 삶은 숨이기에 숨인 대로 좋으리라

우리 삶이 숨이 아니라면

천둥번개 무릅쓰고 뛰노는

사슴의 기쁨과 즐거움을

그 어찌 마냥 맛볼 수 있을까.

그러니까

사랑이다

다 괜찮아요 밀물과 썰물처럼

멍게와 진주

자연치유라는 것

움직이는 물방울은 얼지 않는다

That's O.K
• 다 괜찮아요 •
밀 물 과
썰 물 처 럼 •

'좋아요 like'만 있던 페이스북에 '싫어요 dislike' 버튼이 추가됐다고 한다. 나라면 '좋아요'와 '싫어요' 말고 '다 괜찮아요 That's O.K' 버튼도 추가하리라.

인생 80고개를 오르다 보니 모든 게 다 괜찮다고 하는 수밖에 없을 것 같다. 어느 시대 어떤 환경에 태어난 것부터 수많은 갈림길에서 선택을 했던 안 했던 간에 다른 길을 가지 않고 내가 걸어온 길을 돌아보면 어느 쪽이든 다 괜찮았지 않았겠나 하는 생각이 든다.

언젠가 이곳 미주판 일간지에서 한국인 의사 한 분이 쓰신 일화를 읽었다. 사전 시간 약속도 없이 아침 일찍 독감 예방주사를 맞겠다고 찾아오신 할아버지가 계속 시계를 보며 초조해하시기에 다른 의사와 시간 약속이라도 있으시냐고 여쭤봤더니 그렇지는 않지만 할머니와 아침식사 시간에 늦을까 봐 걱정이라고 대답하시더란다. 그러면서 하시는 말씀이 할머니는 양로원 너싱 홈에 있는데 지난 5년 동안 매일같이 양로원에 찾아가 아침식사를 꼭 같이 하신다기에 할머니가 좀 기다리시면 되지 않겠느냐고 했더니 치매에 걸린 할머니는 할아버지를 알아보지도 못하지만 자기는 알고 있지 않느냐고 하시더란다. 이할아버지를 통해 이런 게 참 사랑이 아닐까 하는 생각을 했다며 다음과 같은 누군가의 말을 인용한 글이었다.

세상에서 가장 행복한 사람들은 세상의 제일 좋은 것들을 다 가진 사람들이 아니고 가진 것을 최선으로 이용하는 사람들이다. The happiest people do not necessarily have the best things in life, but they make the best of everything they have.

최근 내 딸들이 1978년 하와이에서 보고 소식이 끊겼던 사촌 형제를 37년 만에 샌프란시스코에서 반갑게 만나 봤다. 하와이에서 부동산 중개업으로 큰돈을 벌었던 두 살 위의 작은 누이가 1983년 불의의 사고로 세상을 떠난 후 남긴 재산을 탕

진하면서 내 큰 조카가 바이폴라 정신질환으로 고생하는 것을 지켜본 내 작은 조카는 사회적으로도 성공하고 행복하게 가정을 꾸미고 살더란다.

자신은 아주 어려서 잘 몰랐지만 어머니가 크게 성공하자 아버지가 바람을 많이 피우느라 가정불화가 심해 형이 상처를 입고 조울증까지 앓게 되었다면서 동생을 대신해 형이 고통스러운 세월을 보냈다고 형을 극진히 보살피고 있더란다. 흔히 세상은 불공평하다지만 어찌 보면 평준화가 자연스럽게 이루어지는 것 같기도 하다.

가진 것이 많을 때는 모든 것을 당연시하거나 남용하게 되지만 가진 것이 없을 때는 아무 것이라도 다 소중히 여기게 되지 않던가. 그래서 전화위복이 가능한가 하면 그 반대로 전복위화도 되는가 보다.

최근 유튜브에 '카니 정의 경이롭게 감동적인 연설Connie Chung-Awe Inspiring Speech'이란 제목의 동영상이 올랐다. 탈북자 부모를 따라 미국에 온 뒤 LA에서 집 없는 노숙자로 전락했다가 역경을 딛고 일어서 하버드 대학 박사가 된 한인여성 이야기다.

나 자신의 이야기로 돌아가 내 어릴 적 생각을 좀 해본다. 6.25 동란 때 미군부대 '하우스 보이'를 하다 미군사령관의 입양제안을 받아드려 일찍 미국에 와 줄리아드에서 음악을 공부했더라면, 그도 아니고 1978년 하와이에서 부동산 매매 중개업을 같이 하자는 작은 누이의 제안을 받아들여 하와이에 정착했더라면, 아마도 내 세 딸들이 음악가가 되는 일은 없었을는지 모를 일이다. 내가 음악가가 되는 것보다 내 딸들이 음악가가 된 것이 얼마나 더 다행스러운지 모르겠다.

또 한 가지 더 생각이 떠오른다. 젊은 날 첫 인상이 코스모스 같았던 아가씨와의 첫 사랑이 이루어졌더라면 평생토록 코스모스를 그리워하면서 키워온 '코스미안' 철학과 사상도 싹트는 일이 없었을 것이다.

그러니 이래도 저래도, 얻어도 잃어도, 다 괜찮다고 해야 하리라. 가는 길이 오는 길 되고, 오는 길이 가는 길 되며, 주는 일이 받는 일되고, 받는 일이 주는 일되리. 저 바다의 밀물과 썰물처럼 말이어라.

· 멍게와
· 진 주 ·

영어로 '네 속(사정)과 다른 사람들의 겉(모습)을 비교하지 말라Don't compare your insides to other people's outsides'는 표현이 있다.

이 말은 흔히 사람들이 스스로 행복 하려고 하기 보단 다른 사람들에게 행복해 보이려고 애쓴다는 뜻인 것 같다. 성공한 것처럼, 부유한 것처럼, 강한 것처럼, 똑똑한 것처럼 보인다고 해서 반드시 꼭 그렇지가 않다는 말이다.

비근한 예로 그럴듯한 사람들이 자살하지 않든가. 우리 모두 목숨을 비롯해서 젊음도 모든 걸 잃게 되어 있다. 잃는다는 건

잃을 뭔가가 잠시나마 우리에게 선물로 주어졌었다는 게 아닌가. 그렇다면 흙이건 돌이건 아무 거라도 다 갖고 재미있게 소꿉놀이 하는 어린애들 같이 그냥 저냥 마냥 즐거워 할 일 아니던가. 그래서 2천여 년 전에 살았다는 유대인 랍비 히렐^{Hillel the Elder}도 이렇게 말했으리라.

"난 일어나 걷다 넘어진다. 그러는 동안 난 계속 춤춘다. ^{I get up. I walk. I fall down. Meanwhile, I keep dancing.}" 그는 또 이런 말도 했다고 한다. "내가 날 위해 있지 않다면, 누가 날 위해 있겠는가? 그리고 내가 나만 위해 있다면 난 뭔가? 게다가 지금이 아니라면 언제이겠는가? ^{If I am not for myself, who is for me? And if I am only for myself, what am I? And if not now, when?}"

내가 제일 좋아하는 해산물은 멍게이다. 겉보기 흉해도 그 감칠맛 하며, 씹어 삼킨 다음에도 입안에 남아 감도는 그 향기로움이란 이 세상 뭣하고도 비교할 수 없다. 너 나 할 것 없이 우리 모두 멍게 같은 존재들 아닌가. 아니면 바다 속 밑바닥에서 필요한 거만 또 필요한 만큼만 섭취해 아름다운 진주를 만드는 진주조개들 아니랴.

아, 그래서였을까. 난 젊은 날 한때 서울에서 '해심海心'이란

대폿집을 했었다. 파도와 갈매기 그리고 뱃고동 소리를 배경
음악으로 배처럼 꾸민 선실에서 다른 주점에서 맛볼 수 없는 '
해심주海心酒'와 '해심탕海心湯'으로 취흥을 돋우면서, 어여차 어
기여차, 세계 각국의 뱃노래를 불렀었다.

The Nature Cure
• 자연치유 •
라는 것

　요즘 서양 의학계에서 각광을 받고 있는 분야가 '지료법地
療法Ecotherapy[자(연)지(구)보(존)지(구)]요법이다. 우울증 등
많은 질병 치료에 '자연치유The Nature Cure' 이상 없음이 의학적으
로도 입증되고 있어서이다. 물론 의약계에서 회의론이나 반론
이 없지 않지만 이는 어디까지나 이윤추구가 주목적이 돼버린
의료산업의 반응일 뿐 아닐까.

　내 주변에서도 바이폴라 조울증으로 고통 받는 사람들이 있
고, 내가 법정통역으로 근무하면서 자식이 또는 부모가 우울
증 같은 정신질환으로 가정폭력이나 가정파탄을 일으켜 법원

에 '접근 금지 명령^{order of protection}'을 신청하러 오는 한인 동포들을 많이 보게 된다.

이 자연치유란 쉽게 말하자면 공원이나 숲속으로 산책하면서 새 소리도 듣고, 계절 따라 변하는 자연의 모습을 관찰하면서 우리의 삶도 성찰해보노라면 자연스럽게 자연치유가 된다는 것이다. 씨를 뿌려 식물이 자라 꽃을 피워 열매를 맺는 정원을 작게라도 가꾸다 보면 자연과 일체감을 느끼면서 온 우주와 더불어 호흡하게 된다는 얘기다.

스마트폰이나 인터넷에 중독되지 말고, 등산이나 하이킹을 하면서 자연 속에서 보내는 시간이야말로 우울증 같은 정신질환을 치료하고 심신의 건강을 증진시키는 길이라고 한다. 벌써 여러 해 전에 돌아가셨지만 나보다 열 살 위의 둘째 형님께선 일정시대 평안북도 신의주고보를 다니다 중퇴하고 삼천리 방방곡곡으로 도道를 닦는다고 떠돌아 다니셨다. 그러면서 많은 사람의 병도 고쳐주셨다고 하는데, 그의 처방이란 별게 아니었다. 예를 들어 폐병이나 해수병 환자에겐 솔잎을 뜯어다 항아리 속 꿀물에 담가 광속에 보름쯤 묵혔다가 하루 세 번 공복에 마시라는 것이었다. 내가 어렸을 적 감기가 들어 기침을 몹시 하다가도 그 찌르르한 사이다보다 시원하고 달콤한 '약

물'을 마시면 기침이 멎곤 했었다.

그렇지만 형님 말씀은 그가 처방한 '약'의 효험을 믿는 사람에게만 약효가 있고, 사람 몸은 '자연치유력'을 갖고 있으며, 사람뿐만 아니라 만물이 다 인위적으로 망가뜨리고 파괴하지만 않는다면 자구력自救力과 자생력自生力을 갖고 있다 하셨다. 그는 깊은 산속 굴에 들어가 며칠씩 생식이나 단식하며 지내시다가 6.25 동란 때는 인민군에게는 국군 패잔병으로 국군에게는 빨치산으로 오해 받아 이가 다 빠지도록 매를 많이 맞아도 아무도 원망하거나 욕하지 않았다.

어쩜 링컨대통령의 좌우명 '아무에게도 악의나 적의를 품지 않고 모두에게 자비심을malice to none, compassion to all'을 형님께선 평생토록 몸소 실천하고 사셨는지 모를 일이다. 생각건대 형님께선 형님의 밝을 明, 서로 相의 명상明相이란 이름값을 어느 정도 하셨다고 믿고 싶다.

움직이는 물방울은 얼 지 않 는 다

최근 중앙일보 창간 50년을 맞아 열린 미디어 콘퍼런스 강연에 나선 피아니스트 손열음씨는 "어릴 때 한 사람을 위해서 진심으로 연주하면 된다는 말이 어른이 돼서도 늘 마음속에 숙제처럼 남았다. 음악도, 신문도 진심으로 한 사람을 감동시킬 수 있다면 오랜 시간이 지나서도 더 많은 사랑을 받을 수 있을 것"이라고 했다는데, 그 '한 사람'이란 자기 자신이어야 할 것 같다. 나 자신부터 감동시킬 때 내가 반짝 반짝 빛날 수 있고 따라서 많은 사람을 감동시키리라. 그러기 위해서는 우리 모두 각자는 각자대로 '움직이는 물방울'이 돼야 하리라. 어찌 그렇지 않을 수 있으랴. 숨쉬기를 멈추면 삶이 끝나고,

물이 흐르지 않고 고여 있으면 썩지 않던가. 그래서 움직이는 물방울은 얼지 않는다 하는 것이리라. 그 한 예를 들어보리라.

미주판 한국일보 2015년 문예공모 생활수기 장려상을 탄 박나리씨 이야기다. 박씨의 수기 '새벽 여명'에서 몇 대목만 뽑아 그대로 옮겨 본다.

그저 평범한 한 남자의 아내로 살면서 잘 자라 준 세 아이의 엄마라는 이름만으로도 행복하다고 생각했다. 그 행복 뒤에는 내 수고와 희생이 숨어있지만 당연히 내가 할 일이라고 생각했다. 살면서 내 이름은 지워지고 내가 이루고 싶었던 꿈은 아이들을 통하여 이루면 된다고 생각했다.

그러나 대리만족은 결국 내 것이 아니었다. 아이들이 떠난 빈 둥지를 지키며 지난 시간을 되돌아보면 긴 터널을 지나온 느낌이다. 출구가 보이지 않는 아득한 시절도 있었다. 사람은 누구에게나 운명이란 게 있다. 그 운명을 피하지 않고 나는 정면으로 부딪치며 살았던 것 같다. 나는 없고 오직 가족만을 위하여 살아온 세월이다.

나는 유난히 학교 복이 없는 편이다. 중학교 입학시험을 앞

두고 아버지가 쓰러졌다. 방과 후 선생님께서 교무실로 나를 불렀다. 부모님께서 집안 형편이 어려워 나를 중학교에 보낼 수 없다고 했지만, 우리 함께 고민해보자고 했다. 선생님은 2 차에서도 삼류에 해당하는 학교에 지망하면 입학 장학금을 받을 수 있고, 집에서 걸어서 갈 수 있는 곳이라 차비도 안 들고 좋다며 나를 설득했다. 가장 친했던 내 친구는 부산여중을 갔는데 나는 결국 동네사람들이 똥통이라고 부르는 그 학교에 진학하게 되었다.

지금까지 내 손으로 대학교를 졸업시킨 사람이 여덟 명이나 된다. 막상 나는 공부를 끝마치지 못하였지만, 누군가를 뒷바라지하는 일도 보람된 일이라고 생각하며 살았다. 지금도 생각하면 여덟 명의 타자를 무사히 홈인시킨 게 꿈같다. 타의에 의해 시작된 심부름부터 시작하여 코치로 감독으로 생활하기까지 딱 41년이 걸렸다. 나대신 홈런을 때려줄 1번 타자는 오빠였다. 2번 타자는 막내 시누이였다. 3번 타자는 후보 선수 명단에도 없던 사람이 타석에 섰다. 다섯 시누이 중에서 셋째 아가씨였다. 야구에서 가장 장타력이 있다는 4번 타자는 어이없게도 남편이었다. 5번째 타자는 친정 조카였다. 6번째로 타석에 선 타자는 첫째 딸이다. 7번째 타자는 둘째 딸이다. 8번 타자는 한국에서 중학교를 마치고 캐나다로 온 막내아들이다.

기적! 기적이 일어났다. 드디어 9번 타자로 내가 나서게 되었다. 4번 타자가 홈런을 치는 것은 어느 정도 예상하지만, 9번 타자가 홈런을 날리면 그 쾌감은 황홀하기까지 하다. 그러나 말이 쉽지 9번 타자가 홈런을 때리는 일은 거의 없다. 9번 타자로 타석에 서게끔 용기를 준 사람은 엉뚱한 데서 나타났다. 내가 그동안 얼마나 자신을 사랑하지 않았는지 반성하게 만든 사건이었다. 망치로 뒤통수를 퍽하고 얻어맞는 기분이었다.

그날도 인터넷에서 이것저것 검색하는 중이었다. 믿을 수 없었다. 검색란에 비친 신문기사는 '나이는 숫자에 불과하다. 최근 나이를 초월한 배움을 통해 자신의 꿈을 실현해 나가는 사람이 있다. 한국 K사이버대학의 최고령 졸업자로 대학 생활을 마무리하는 J(77)씨는 도전 정신과 열정으로 배움을 실천하고 있다.'는 내용이었다.

43년 전 유학생 남편을 따라 미국으로 이주해 이민생활을 하고 있었다. 77세의 그녀가 이루어낸 '인간승리'는 놀라웠다. 밤새도록 잠이 오지 않았다. 아침에 일어나자마자 컴퓨터를 켜서 그분에 대하여 검색하기 시작했다. 몇 시간을 검색해도 연락처를 찾을 수 없었다. 드디어 그분을 아는 사람의 전화번호를 찾게 되었다. 실례를 무릅쓰고 미국으로 전화하였다. 누구시냐. 무엇 때문이냐. 함부로 선생의 연락처를 알려줄 수 없다는 대답에 나는 목소리에 진심을 담고 저는 캐나다에 살고 있으며 그분의 신문기사를 보고 직접 그분의 목소리라도 듣고 싶어 연락하게 되었다. 도와달라며 정중히 부탁하였다. 조금 있다 다시 전화하면 그분에게 물어보고 답을 주겠다고 했다. 기다리는 5분간의 시간이 몇 시간만큼 느리게 흘렀다.

드디어 전화번호를 꾹꾹 눌렀다. 발신음이 들리고 수화기 건너편에서 '헬로우' 하였다. 이름을 밝히고 전화를 건 이유를 말했더니 반갑게 맞아주었다. 그분은 목소리에 힘이 담겨 있었다. 자신감이 넘치고 있었다. 나이는 숫자에 불과하다는 말을 증명하는 것 같았다. 그분 역시 자신이 그렇게 잘해낼 줄 몰랐다고 했다.

시작이 반이다. 시작하게 되면 꼭 할 수 있을 것이다. 그분은 멈추지 않고 또 다시 대학원에 진학하여 공부하는 중이라고 했다. 몇 시간 동안 전화를 하면서 나는 용기를 얻고 있었다. 그분은 '움직이는 물방울은 얼지 않는다.'는 말을 인생의 좌우명으로 삼는다고 했다. 나도 얼지 않는 물방울이 되기 위하여 높은 곳으로 올라가 떨어져 보자 마음먹었다.

2014년 11월 한국에 있는 K사이버대학교에 전화하였다. 입학 요강에 대한 설명을 듣고 서류준비를 하였다. 하늘은 스스로 돕는 자를 돕는다고 했다. 입학서류를 준비하는 과정에서 하늘은 내게 엄청난 선물을 주었다. 그동안 받은 문학상으로 문예 특례장학생으로 4년 동안 등록금의 절반을 받을 수 있는 조항이 있었다. 문학상을 받은 한국일보사와 재외동포재단에 연락하였더니 흔쾌히 수상확인서를 발급해주었다.

아직 합격 발표도 나지도 않았는데 남편은 A4용지를 박스째 사오고 아이들은 등록금 걱정은 말고 하고 싶은 공부만 하세요 하고 응원을 보내왔다. 문예창작학과에 입학하게 되었다. 3월 둘째 주부터 강의가 시작되었다. 첫날은 목욕하고 정자세로 책상에 앉았다. 늦은 밤 강의에 집중하기 위하여 일부러 낮에 낮잠까지 자두었다. 강의가 늘어날수록 알아듣지 못하는 수업도 있지만, 그 산뜻한 스트레스를 나는 즐기고 있다.

공부를 시작하자 사는 게 즐거워졌다. 내가 행복해야 가족이 행복하고 내가 건강해야 우리가 모두 건강하게 될 것이라고 생각한다. 성공한 사람은 자신이 할 수 있는 일을 해낸 사람이라고 한다. 그러나 평범한 사람은 할 수 있는 일을 하지 않고 할 수 없는 일만을 바라고 있는 사람이라 한다.

할 수 있는 일을 해낸다는 것은 결코 쉬운 일은 아닐 것이다. 나는 내가 할 수 있는 일을 시작도 하지 않고 포기한 것은 아닌지 후회는 한 번으로 충분하다. 잘하는 일보다 좋아하는 일을 해야 오래간다고 했다. 홈런이 아니면 어떠냐. 안타도 치고 도루도 하고 가끔은 보너스로 포볼도 있을 것이다.

우선 시작부터 할 일이다. 중간에 어려움이 닥치면 그때 가서 고민해도 늦지 않다. 얼지 않는 물방울이 되기 위해 열심히 부딪치고 흘러가야 한다. 40년 전 1번 타자에게 양보했던 그날, 잠시 쉬었다 가겠다며 찍은 쉼표를 지우고 그 자리에 마침표를 찍기 위하여 정식으로 야구 선수복을 입었다.

나는 지금 6월 20일 치르게 될 중간고사를 위하여 '르네 지라르'의 낭만적 거짓과 소설적 진실을 읽는 중이다. 저 멀리 새벽 여명이 밝아오는 아침이다.

그
러
니
까

사
랑
이
다

상상의 요술

나무와 그림자

우리는 '미스트랄'

아, 가을인가요

상상의
요술

　세상은 정말 요지경인 것 같다. 우린 공상과학이 현실이 되는 세상에 살고 있다. 가상현실처럼 느끼게 해주는 헤드셋이나 센서들이 개발되고 있어 조만간 매트릭스 수준의 '뇌에 직접 전기 자극을 주는' 가상현실 속에서 사랑도 하고 살다 죽는 세계가 도래할 수 있다고 한다.

　어디 그 뿐이랴. 2014년에 개봉된 영화 '인터스텔라'에서처럼 머지않아 우리가 시공간을 넘나들면서 우주여행도 할 수 있게 되리라고 한다. '상상할 수 있는 건 이미 현실'이라고 피카소도 말했다지만, 내 삶만 돌아보더라도 어려서부터 내가 상상만 했던 일들이 뜻밖에도 기적이나 요술처럼 현실이 된 사실들이 꿈인지 생시인지 아직도 믿어지지가 않는다.

우리 생각 좀 해보자. 말이 씨가 된다지만 생각이 떠올라야 말도 하고 꿈도 꾸면서 행동하게 되지 않나. 그럼 생각이란 어디에서 생기는 것일까? 머리에서 아니면 가슴에서 일까. 몸에서 아니면 마음에서 일까. 몸과 마음이 같은 것일까, 다른 것일까. 우리가 머리로는 생각하고 가슴으로는 느낀다고 하는데, 생각과 느낌이란 같은 걸까, 다른 걸까. 우리가 머리는 돌린다거나 굴린다 하고 가슴은 뛴다고 한다. 그럼 우리 머릿속 두뇌의 회전이 멈출 때, 아니면 가슴 속 심장의 박동이 멈출 때, 언제 사망한다고 해야 하나. 정신은 머릿속에 있는 것일까. 아니면 가슴 속에 있는 것일까. 그리고 정신과 마음은 같은 걸까. 다른 걸까.

서양에선 속된 말로 '남자는 자지로 생각한다.'고 한다. 그렇다면 '여자는 보지로 생각한다(또는 느낀다)'고 해야 하지 않을까. 성욕이나 정욕이란 게 머릿속에서, 아니면 가슴 속에서, 어디에서 일어나는 것일까. 실제로 성행위 없이도 생각만으로 오르가슴을 느낄 수 있다고 하지 않나. 자다가 꿈속에서 몽정하듯 말이다.

프로이드도 리비도^{libido}가 삶의 원동력이라고 하지 않았나. 그렇다면 사람이 성욕을 잃으면 살아도 산목숨이 아니란 말인가. 둘러보면 세상 만물이 다 음과 양으로, 산과 계곡이, 낮과 밤이, 하늘과 땅이, 오목함과 볼록함 요철(凹凸)로 이루어져 있어, 이 둘이 서로 보완하고 있지 않나. 그러니 참으로 섹스와 사랑과 삶이 그야말로 '삼위일체$^{the Trinity}$'로 같은 하나라고 해야 하리라.

사람이 죽는다는 뜻으로 숨을 거둔다고 하는데, 영어로는 숨을 내쉰다^{expire}고 하고, 숨을 들이쉰다^{inspire}고 하면 혼을 불어넣는다는 의미다. 그렇다면 숨과 생명과 혼이 또한 '삼위일체'의 같은 하나라고 할 수 있으리라.

그뿐만 아니라 숨이 생각으로 변해 상상이란 날개를 달고 비상하면 초혼招魂하듯 넋을 불러내 천지조화를 일으켜 기적 같이 요술처럼 모든 공상과학과 가상세계를 현실로 만드는 천지창조가 가능해지리라.

나무와 그림자

시인 김남조(1927 -)의 '나무와 그림자'는 이렇다.

나무와 나무그림자

나무는 그림자를 굽어보고

그림자는 나무를 올려다본다.

밤이 되어도

비가와도

그림자 거기 있다

나무는 안다

이 시에서 지적했듯이 자연속의 '나무는 그림자를 굽어보고 그림자는 나무를 올려다본다.' 그런데 불가사의하게도 인간세계에선 '그림자는 나무를 굽어보고 나무는 그림자를 올려다본다.'

연방하원의원이 체면 불구하고 '교황의 물컵'을 슬쩍 훔친 뒤 컵에 남아있던 물을 자신의 아내와 함께 나눠 마시기까지 한 것으로 알려졌다.

9월 27일 CNN방송을 비롯한 미 언론에 따르면 밥 브래디(펜실베니아) 하원의원은 9월 24일 교황의 미 의회 상-하원 합동연설이 끝난 직후 장내가 어수선한 틈을 타 재빠르게 연단으로 올라가 물컵을 집어 들었다. 브래디 의원은 이어 물컵을 조심스럽게 들고 자신의 방으로 건너가 아내, 친구, 참모 등과 함께 조금씩 나눠 마셨다. 브래디 의원은 자신이 물을 마시는 사진은 물론 아내에게 직접 물을 먹여주는 사진을 직접 공개하기도 했다.

브래디 의원은 CNN에 "연설 도중 교황이 서너 차례 물을 마시는 것을 봤고 그 순간 교황을 기억할 만한 어떤 중요한 물건이라는 생각을 했다. 그냥 물컵이 눈에 들어왔고 연단으로 다가가 집어 들어 간직했다. 교황이 만진 물건은 모두 축복받은 것"이라고 자신의 행동을 정당화하면서 교황의 물컵을 펜실베이니아 자택에 잘 보관해 가보로 삼고 이를 손자들에게 대대손손 물려줄 것이라고 밝혔다.

한편 프란치스코 교황은 성직자들의 아동 성추행을 뿌리 뽑겠다는 강한 메시지를 던졌다. 필라델피아를 방문 중 그는 9월 27일 성 마르틴 성당에서 가진 주교들과의 만남에서 "성직자들의 어린이 성추행이 더는 비밀에 부쳐져서는 안 된다. 어린이들이 성추행에 노출되지 않도록 보호하겠다"고 다짐했다. 가톨릭 신자는 물론 아니고 조직화된 어떤 종교도 갖고 있지 않으며 소위 일컬어 '불가지론자agnostic'나 '성상파괴주의자iconoclast' 또는 '개인주의자libertarian'나 '청개구리식 반골contrarian'이라 할 수 있을지도 모를 나도 개인적으로 프란치스코 교황을 좋아하고 존경하면서도 동시에 늙은 어릿광대를 보듯 심한 연민의 정을 느끼게 된다.

일련의 프란치스코 교황의 메시지들을 한 마디로 요약한다면 신神보다 사람을 보라가 될 것이다. 감히 내가 무엄하게도 교황을 비롯한 모든 성직자들에게 전하고 싶은 메시지는 신神이나 자연의 일부인 사람보다도 '자연 그 자체를 보라'

는 것이다.

자식을 낳아 키우는 어버이로서의 사람 '인人'의 '인부人父'나 지아비 '인부人夫' 노릇도 못해보면서 어찌 하나님 '신神'과 '아비 부父'의 '신부神父'라 불릴 수 있을까. 그리고 어찌 자연의 섭리와 생리를 어겨가면서 부자연스럽게 '성聖스러운 성직자聖職者'가 아동 성추행하는 '성직자性職者'가 될 수밖엔 없단 말인가.

더 좀 냉철히 생각해보면 스스로를 크리스천이다, 불교신자 부디스트다, 이슬람 마호메트 회교도다, 아니면 인도주의자다, 자연주의자다 하는 것은 어불성설로 어폐가 있다고 해야 하지 않을까. 사람으로 태어났으면 누구나 다 사람답게 자연스럽게 사는 게 너무도 당연지사인데 그 무슨 쥐뿔 나게 인도주의자니 자연주의자니 하랴.

이 세상에 석가모니나 예수나 딱 한 사람이면 족하지, 우리 모두가 석가모니처럼 처자식을 버리고 출가해 걸인이 되거나, 아니면 예수처럼 동정녀 마리아에게서 태어난 독생자라며 부모와 자식 간에 가족의 인연도 끊고 목공 일이든 뭐든 생업을 버리고 '히피'가 될 수도 또 되어서도 안 될 일 아닌가.

예수가 사람의 탈을 쓰고 이 세상에 나타난 하나님이었다면 우리 모두 너 나 할 것 없이 다 그렇다고 할 수 있지 않을까. 우리 각자가 각자 대로 '신성神性'을 지닌 채 사랑이란 무지개를 타고 지상으로 잠시 소풍 온 코스미안들이 아니랴. 너는 너대로 나는 나대로 전무후무하고 유일무이한 존재들이라면 다른 그 누구를 따르거나 흉내 내지 말고, 너는 네 식으로 나는 내 식으로 자가충족, 자아실현을 해가면서, 자신의 삶을 더할 수 없이 행복하게 살아볼 일이다.

하늘은 스스로 돕는 자를 돕는다거나 광에서 인심 난다고 하듯이, 우리 각자는 각자대로 각자가 먼저 스스로를 존중하고 사랑할 수 있어야 이웃도 존중하고 사랑할 수 있으며, 스스로 만족하고 행복할 때 비로소 남도 돕고 행복하게 해 줄 수 있으리라.

우 리 는
'미스트랄'
mistral

미스트랄이여, 너

비구름을 올라타는 자,

슬픔을 뛰어넘는 자,

세상을 흔드는 자,

노호하는 자,

내가 널 얼마나 사랑하는지!

우린 한 자궁에서 태어나

영원토록 같이 할 운명이 아니던가?

니체(1844 –1900)의 시 '미스트랄에게' 중에서 미스트랄은 프랑스 남부와 인근 지중해 연안 지방에 부는 차고 건조한 북풍을 말한다.

요즘 '흙수저' 물고 태어난 젊은이는 10대엔 입시, 20대엔 취업, 30대엔 결혼-주거 전쟁을 겪는 현실에 대한 야유이자 집단 반란으로 사이버 공간에 '헬조선(Hell지옥+조선)'과 '지옥불반도(지옥불+한반도)'라는 자극적인 신조어가 떠돌아다닌다는데 우리에게 필요한 건 무엇보다 '미스트랄'의 기상이 아닐까. 이 '미스트랄'의 기상을 우리말로 하면 호연지기가 되겠다.

청소년 시절 나도 니체의 '위버멘쉬Ubermensch'에 심취했다. '차라투스트라는 이렇게 말했다'의 제1부에서 그는 정신의 세 변신[낙타, 사자, 어린아이]에 대해 말한다. 낙타는 제게 지워지는 무거운 짐을 묵묵히 진다. 그러나 낙타로 만족할 수 없는 정신은 사자로 변신해 자유를 쟁취하지만 신이 부여한 창조의 놀이를 할 줄 모른다. 이 창조의 놀이를 하기 위해서는 사자가 어린아이가 되어야 한다. 어린아이가 된다는 것은 삶을 사랑하는 자가 된다는 뜻이다. 우리 모두 어린 시절을 되돌아보면 다 알 수 있지 않나. 어떤 환경과 상황에서든, 무엇이 있든 없든 상관없이, 아무 것이나 아무하고도 아무 짓이나 다 맘대로 할 수 있지 않았었나. 문자 그대로 '창조의 놀이'를 즐기던 시절이 아니었었나.

내가 아빠, 네가 엄마, 내가 왕자, 네가 공주 그리고 흙이 밥이 되고 돌이 보석이 되며, 하늘이 지붕이 되고 땅이 침상이 되며, 내가 해가 되고 네가 달이 되며, 우리 모두 다 별이 되고, 새와 벌레, 나비와 벌, 꽃과 나무가 되기도 하며, 바람과 구름, 눈과 비, 우주 만물 아무 거라도 다 될 수 있지 않았었나. 이렇게 어린아이처럼 무한한 호기심을 갖고 무엇이든 한없이 경이로워하면서 죽자꾸나 하고 재미있고 신나게 소꿉놀이 하듯 살다 보면 세상천지가 '헬Hell'이 아닌 '낙원Paradise'이 되고 말리라. 우린 모두 이처럼 창조적인 삶의 놀이를 평생토록 하라고 어린아이로 태어난 게 아닌가 말이다.

2015년 9월 30일자 미주판 한국일보 오피니언 페이지 여주영 주필의 칼럼 "가을의 문턱에서' 한 문장 우리 함께 되새겨보자.

'역사적으로 힘든 역경을 딛고 승리한 사람들은 하나같이 자신의 소중함과 아름다움을 발견하고 자신을 신뢰하고 사랑한 사람들이었다. 내가 나인 것이 그냥 좋다고 생각한 사람들

이다.'

　그러니 예수도 '어린아이 같지 않으면 천국에 들 수 없다' 했
으리라.

아, 가을인가요

내가 이 세상에 태어나던 1936년 말에 고복수가 발표한 '아
으악새 슬피우는 가을인가요'라는 가사의 '짝사랑' 때문일까,
나는 어려서부터 지금껏 아직도 짝사랑만 해오고 있다.

2015년 10월 2일자 미주판 중앙일보 오피니언 페이지 〈고
은의 편지10〉 '하원下園에게'를 '맹목적이네. 눈앞의 10월은 맹
목적인 너무나 맹목적인 나의 하루하루를 열어주네.' 이렇게
시작하면서 그는 단언하듯 술회한다.

'가을은 소설이 아니네. 가을은 해석이 아니네. 가을은 시

이네.'

모든 어린이들처럼 나도 아주 어릴 적부터 모든 사람, 특히 여자와 아가씨들 그리고 어린이들을 무척 좋아하다 보니, 그야말로 '다정도 병이런가' 짝사랑이 되고 마는 것 같다. 이게 어디 사람뿐이랴! 하늘도 땅도 그 안에 있는 모든 것 말이다. 고은 시인의 글을 나는 이렇게 바꿔보리라.

'삶은 소설이 아니네. 삶은 해석이 아니네. 삶은 시이네.'

아니, 그보다는 '삶이 산문이라면 숨 쉬는 숨은 시'라고 하리라. 대학 시절 강의실보다는 음악감상실이나 다방에서 살다시피 하면서 내 짝사랑을 소설화 해보겠다고 긁적인 초고 '내가 걸어온 자학自虐의 행로' 앞부분을 이어령 대학 선배에게 보여 줬다. 그랬더니 그의 평은 이러했다.

"이 '자학의 행로'에는 톨스토이, 도스토예프스키 등 불후의 세계명작을 쓴 작가들의 심오한 사상이 모두 다 들어있지만, 전혀 요리가 안 된 상태이다. 그러니 독자가 먹기 좋게 살도 부치고 양념을 쳐라."

하지만 나로서는 그럴 재주도 없을 뿐만 아니라 그러고 싶지도 않아서 일찌감치 작가가 될 생각을 버리고, 차라리 인생이란 종이에다 삶이라는 펜으로 사랑이란 땀과 피와 눈물을 잉크 삼아 소설이 아닌 시를 써보리라 작심했다. 그것도 단 두 편이면 족하리라 생각했다. 그 하나는 내 '자화상'이고 또 하나는 먼 훗날의 내 '자서전'이라고 나 스스로 명명한 '바다'와 '코스모스' 시다. 이 둘을 하나로 합치면 '코스모스바다'가 되리라. 이게 어디 나뿐이랴. 코스모스바다의 물방울들이 사랑의 숨으로 기화氣化하여 더할 수 없이 아름다운 무지개 타고 황홀하게 주유하다 코스모스바다로 돌아갈 우리 모두의 참 모습이며 여정이 아니랴! 이 사실 아니 진실을 깨닫게 해주는 계절이 바로 가을이어라.

그러니까

사랑이다

자연미를 살리자

되찾을 나

반한다는 것

아웃라이어와 인라이어

자연미를
살 리 자

옛말 틀린 거 하나 없다는 어른들 말처럼 '제 눈에 안경'이라는 속담이 최근 사실로 판명됐다. 아름다움 또는 매력에 대한 개념은 개개인의 성향과 경험에 따라 형성되는 것으로 밝혀졌다. 하버드대학 등의 공동 연구에 따르면, 미美의 기준은 개개인 별로 다른 것으로 입증됐다. 쌍둥이들을 대상으로 실험을 한 연구진들은 일란성 쌍둥이라고 하더라도 선호하는 외모에는 차이가 있음을 발견했다. 같은 유전자를 타고난 일란성 쌍둥이도 선호하는 타입이 다르다는 것이다.

연구진은 3만 5천명을 대상으로 실험을 실시했는데, 그 중

에는 574쌍의 일란성 쌍둥이, 동성으로 구성된 214쌍의 이란
성 쌍둥이들이 포함됐다. 이들에게 온라인으로 200명의 얼굴
을 보여주며 선호도에 따라 등급을 매기도록 했다. 테스트 결
과에 따르면 얼굴에 대한 선호도는 유전자가 아닌 성장한 환
경에 따라 형성되는 것으로 드러났다. 일란성 쌍둥이도 선호
하는 얼굴에 차이가 있는 것으로 보아, 미적 선호도는 개개인
의 경험에 따라 다른 것으로 나타났다.

개인적 경험에는 대중 미디어로 접한 연예인들의 모습도 포
함되지만 또한 매일 만나는 주변 사람들 혹은 첫 번째 이성의
외모도 영향을 미치는 것으로 추론되고 있다. 어떤 환경이 우
리의 미적 선호도에 가장 큰 영향을 미치는지는 아직 분명치
않지만 아름다움의 기준이 보편적이라기보다는 개인적이라는
사실은 입증됐다고 한다.

우리가 사람을 처음으로 만났을 때 '첫눈에 반한다.'고 한다.
이때 이 '첫인상'이란 단순히 외모뿐만 아니라 그 사람의 전체
적인 성품이 풍기는, 특수 미묘한 분위기 '아우라aura'를 의미하
지 않는가. 특히 남녀 간에 느끼는 매력이란 어떤 이유나 논
리로 설명할 수 없는, 무분별하고 무조건적인 불가사의가 아
니던가.

아마도 그래서 영어로는 '화학작용chemistry'이라고 하나 보다. 게슈탈트 법칙Gestalt Laws이란 것이 있다. 독일의 심리학자 막스 베르트하이머Max Wertheimer(1880-1943)가 1910년 여름 기차 여행을 하는 동안에 영감을 얻어 발견하게 되었다고 한다. 기차의 불투명한 벽과 창문 프레임이 부분적으로 자신의 시야를 가리고 있는데도 바깥의 경치를 볼 수 있다는 것을 깨달은 것이다. 이는 눈이 단순하게 모든 영상 자극을 받아들이고 뇌는 이러한 감각을 일관된 이미지로 정리한 것으로 결론을 이끌어 통일성을 줄 수 있다는 것이다. 어쩜 이처럼 시각적 통일성을 통해 일어나는 일이 예측불허의 '첫눈에 반하는' 기적 같은 현상이리라.

그렇다면 어떤 화장이나 성형으로도 '억지춘향이'의 모조품 같은 매력으론 설혹 잠시 눈속임은 가능할는지 몰라도 곧 환멸을 초래할 수밖에 없지 않을까. 결코 여우를 떨 일이 아니란 말이다. 음식은 먹어봐야 알 수 있듯이 사람도 겪어봐야 하고, 씹을수록 깊은 맛이 나는 음식처럼 사귀어 볼수록 깊은 정이 드는 사람이 있다. 음식이 제 본질을 어쩔 수 없듯이 사람도 제 본성을 어쩔 수 없지 않은가.

다시 말해 겉궁합보다 속궁합이 맞아야 한다는 얘기다. 이는 비단 개인의 문제일 뿐 아니라 국가적인 문제이기도 하다. 한 외국의 전문가는 '한국을 제일 저평가하는 이들은 한국인'이라고 지적했다는데 개인이고 국가고 간에 먼저 있는 그대로의 스스로를 믿고 사랑할 수 있어야 자연적인 매력도 생길 수 있지 않으랴.

그러니 사람도 꽃처럼 별처럼 자연미를 발산해야 하리라.

되찾을 나

1987년에 나온 김윤희의 소설 '잃어버린 너'가 있다. 그 당시 나도 가슴 메어지게 펑펑 울면서 읽은 너무도 감동적인 실화이다. 20세기에 출간된 모든 책 가운데 가장 많이 팔린 책 100권 중 하나로 일본어로도 번역 출판되어 일본 독자들까지 사로잡은 장편 체험 소설이다. 시공을 초월한 사랑 이야기로 TV 드라마와 영화로도 만들어져 한 남자와 나누었던 운명적인 사랑과 비극적인 사별을 담은 이 이야기는 수많은 사람의 심금을 울렸다.

이러한 사랑을 솔새 김남식은 '사랑愛'에서 이렇게 읊고 있다.

그대가 없는 세상에

산다는 것은

그믐달 같은 거

다시

사랑한다 하여도

그대가 될 것이며

다시

이별한다 하여도

그대가 될 것을

불사조처럼

죽고 못 사는 이가

되리라

'에필로그 하나'에서 솔새 김남식은 또 이렇게 적고 있다.

며칠 전 낡은 서재에서 간신히 책을 찾아 20여 년 만에 다시
읽었으나 그때의 감동이 그대로 정말 밤 설치면서 읽었던 책

으로 느낌이 다가왔다. 1987년도 그 당시 누구나 하룻밤에 독파해 버린 추억의 책으로 모든 사람들이 마치 자신의 일인 양 눈물을 흘렸다. 김윤희와 엄충식 두 사람의 사랑, 아니 그들의 인생 이야기가 바로 우리가 필요한 순수한 사랑이었기에 많은 여성 팬을 울렸던 것 같았다.

그녀는 한동안 화장도 않은 채, 검은 옷을 수년 간 입고 다녔으며 커피 둘, 프림 둘 그렇게 아침이면 모닝커피 두 잔을 만들었다고 했다. 한 잔은 그 사람 자리에 놓고 나머지 한 잔은 그 사람을 생각하며 한 남자를 만나서 사랑이 많이 힘들고 아팠지만 행복했던 날이었고 그렇게 그와 어설프게 함께 한 18년이란 세월이 외롭고 가난했지만 시간을 같이 한 그에게 정말 미안하다며, 책 말미에 그렇게 쓰여 있다. 그를 보내고 난 뒤 시름시름 앓고 있을 때 주위의 권유로 체험 소설을 쓰게 된 그녀는 그와 보낸 지난 일을 글로 적어 가면서 결코 혼자가 아니라는 사실을 다시 확신할 수 있었으며 사랑이라는 절대적인 끈으로 인해서 두 사람은 늘 함께 살았다고 한다.

이 책이 나온 지 거의 30년이 되는 오늘날 재판이라도 다시 나오게 된다면 그 제목을 '잃어버린 너'가 아닌 '되찾을 나'라고 한다면 더 좋겠다는 생각을 하게 된다.

2013년 여름 43세가 되도록 싱글로 지내오다 인터넷을 통해 피부암 말기 환자를 만나 사랑하게 되어 결혼하고 5개월의 결혼생활을 했다. 그리고 운명적으로 만난 지 18개월 만에 사랑하는 남편 고든을 잃고 나서, 23년 간 스코티시 챔버 오케스트라에 첼리스트로 근속해온 내 둘째 딸 수아는 6개월간의 안식년을 얻어 여행을 떠났다. 유럽, 미국 등 세계 각지로 여행을 하고 특히 산티아고 순례길을 여행하며 "결코 혼자가 아니라 늘 고든과 함께하는 순간순간을 실감한다."는 말을 나는 듣게 되었다.

김윤희와 내 딸 수아 같은 사람들이야말로 더할 수 없이 축복받은 사람들임에 틀림없다. 이들을 몹시 부러워하면서 축복할 뿐이다. 이처럼 절대적인 사랑의 영원한 순간을 맛볼 수 있다는 이 한없이 신비롭고 경이로운 기적 같은 사실과 진실을 축복하지 않을 수 없는 것이다.

오늘 아침 처제 안영순 씨로부터 카톡으로 전달 받은 '행복 날개'를 많은 독자들과 나누고 싶어 옮겨본다.

장자莊子편에 풍연심風憐心이란 말이 있습니다. 바람은 마음을 부러워한다는 뜻을 지닌 내용입니다.

옛날 전설의 동물 중에 발이 하나밖에 없는 기夔라는 동물이 있었습니다. 이 기夔라는 동물은 발이 하나밖에 없기에 발이 100여개나 되는 지네를 몹시도 부러워하였습니다. 그 지네에게도 가장 부러워하는 동물이 있었는데, 바로 발이 없는 뱀蛇이었습니다. 발이 없어도 잘 가는 뱀이 부러웠던 것입니다. 이런 뱀도 움직이지 않고도 멀리 갈 수 있는 바람風을 부러워하였습니다. 그냥 가고 싶은 대로 어디론지 씽씽 불어 가는 바람이기에 말입니다. 바람에게도 부러워하는 것이 있었는데, 그것은 가만히 있어도 어디든 가는 눈目을 부러워했습니다. 눈에게도 부러워하는 것이 있었는데, 보지 않고도 무엇이든 상상할 수 있고 어디든지 갈 수 있는 마음心을 부러워했습니다. 그 마음에게 물었습니다.

"당신은 세상에 부러운 것이 없습니까?"
"제가 가장 부러워하는 것은 전설상 동물인 외발 달린 기夔입니다"

마음은 의외의 답을 했다고 합니다. 세상의 모든 존재는 어쩌면 서로를 부러워하는지 모릅니다. 자기가 갖지 못한 것에 상대적으로 가진 상대를 부러워하지만 결국 자신이 가진 것이 가장 아름다운 것이란 것을 모르는 채 말입니다.

세상이 힘든 것은 부러움 때문이 아닐까 생각합니다. 상대방의 지위와 부, 권력을 부러워하면서 늘 자신을 자책하기에 불행하다고 생각할 것입니다. 가난한 사람은 부자를 부러워하고, 부자는 권력을 부러워하고, 권력자는 가난하지만 건강하고 화목한 사람을 부러워합니다.

결국 자기 안의 아름다움을 발견하는 사람이 진정한 깨달음을 얻는 사람일 것입니다. 세상에서 가장 아름다운 것은 결국 자기 자신인 것입니다.

"세상에서 가장 아름다운 것은 바로 나 자신입니다."

반한다는 것

현미와 백미 또는 찹쌀과 멥쌀을 반반씩 섞은 걸 '반반미꾸꾸
꾸'라고 한다. 영어로 '그는 아직 너한테 홀딱 빠지지 않았어.
He's Just Not That Into You'라는 표현이 있다. 네게 전적으로 끌려 온통
반해버리지 않았다는 뜻으로 말이다. 남녀 사이에서뿐만 아니
라 일반적인 대인관계에 있어서도 얼마나 빨리 또는 천천히 친
해질 수 있는가는 흥미로운 사안이다.

흔히 영국 사람들은 유보적reserved이라고 한다. 내가 영국에
가서 받은 첫 인상이 예의 바르고 정중하면서도 함부로 근접
하기 어려운 느낌이었다. 처음엔 대영제국의 후예들로서의 우

월감의 발로인가 했는데 십여 년 살아보니 그게 아니고 상대
방에 대한 배려심이고, 시간이 좀 걸려도 서로 잘 알게 되면
깊은 정을 나누게 되더란 것이다.

우리 동족 한인 사이에서도 너무 쉽게 사귄 사람과는 지속
적인 관계가 잘 맺어지지 않고, 남녀 간에서도 너무 빨리 달아
오른 열정은 그만큼 빨리 식어버리지 않던가. 쉽게 얻은 재산
쉽게 탕진하듯이 말이다.

'티끌 모아 태산Many a little makes a mickle'이나 '물방울이 모여 대양
Every drop of water makes the ocean.'이란 속담이 있듯이 애정도 우정도 인
정도 이와 같지 않을까. 이처럼 태산과 대양의 축소판이 티끌
이요 물방울이라면 인류의 축소판이 개인일 테고, 하찮은 아
무나 아무것도 그 확대판이 대우주 코스모스가 아니겠는가.

그렇거늘 무엇이든 누구이든 제 각기 다 온전한 소우주인데
이를 어찌 반쪽으로 쪼갤 수 있으랴. 그러니 어느 누구나 무엇
에게 반半한다는 건 자기 자신에 반叛하는 짓이요, 스스로를
저버리는 일이 되지 않으랴.

영어에 '내 짝'이란 뜻으로 'My Better Half'란 말이 있다. 이

를 우리 식으로 말하자면 '난 너의 멥쌀, 넌 나의 찹쌀'이 되겠다. 난 나대로 넌 너대로 변할 수도 없으려니와 변해서도 아니 되리라. 다만 온전한 나로서의 나와 온전한 너로서의 네가 반쪽이 아닌 통째로 합해 너무 차지지도 않지만 쫀득쫀득하게 맛있는 밥을 지으면 되리라.

또 영어에 무슨 일에 전심전력 하지 않고 반신반의 하면서 하는 둥 마는 둥 하는 걸 '반심半心으로halfheartedly'한다고 한다. 사랑이든 사업이든 삶이든 그럴 바에는 차라리 아니 하느니만 못하지 않을까. 뭣이든 이왕 할 바에는 온 심혼을 다 쏟아 해봐야 성과나 보람도 있고 그 결과가 어떻든 하는 재미와 쾌감도 느낄 수 있으리라.

Outlier
아웃라이어와
인 라 이 어
Inlier

요즘 미디어에 자주 뜨는 단어가 있다. 일종의 '외계인'을 뜻
하는 아웃라이어^{outlier}를 말한다. 그 반대어는 인라이어^{inlier}다.
어떤 한 분야에 뛰어난 사람을 아웃라이어라 하는데 이런 사
람은 특별한 재능의 소유자가 아니고 통념을 깨고, 직감과 소
신대로 집요하게 정진한 사람을 가리킨다. 그 결과에 구애받
지 않고 노력하는 과정 자체를 즐기면서 보람을 느끼는 사람
이다.

'포레스트 검프^{Forrest Gump} 1994'라는 코미디 드라마 영화를 수
많은 사람이 기억할 것이다. 포레스트 검프라는 지적 장애인

의 인간승리 이야기다.

또 한 편의 잊혀지지 않는 영화가 있다. '셰인^{Shane}, 1953'은 미국 서부영화 최고의 걸작으로 불리는데, 바람처럼 나타났다 악당들을 물리치고 바람처럼 사라지는 고독한 사나이로 나를 포함해 수많은 청소년들의 영원한 로망이 되었다. 모든 남자가 셰인 같이 멋진 남성이 될 수는 없겠지만, 아무라도 '포레스트 검프'는 될 수 있지 않으랴. 주어진 삶을 최선을 다해 열심히 사는 극히 평범하다 못해 평범 이하로 보이는 비범한 사람 말이다.

이런 사람들을 우리는 주위에서 얼마든지 찾아볼 수 있다. 이들을 영어로는 '숨은 영웅들^{Unsung Heroes}'이라 한다. 이들이야말로 아웃라이어와는 비교도 안 되게, 겉이 아닌 속으로 눈부시도록 찬란하게 빛나는 인라이어들이라고 우리는 극찬의 찬가를 부르리라. 그 한 예를 오늘 아침 친구가 전달해준 너무도 감동적인 글 '아내의 희생'에서 발견하고 많은 독자들과 나누고 싶어 옮겨본다.

아내의 희생

각막 이식수술을 받고 있었다. 마취가 된 눈언저리는 아무런 감각도 없었으나 의식만은 또렷해서 금속제 수술도구가 부딪는 소리라든가 주 선생의 나지막한 말소리를 하나도 놓치지 않고 들을 수가 있었다. 오른쪽 눈에 이상이 생긴 것은 3년 전의 일이었다. 처음엔 가벼운 염증이려니 여기고 대단치 않게 생각했으나 퉁퉁 부어오른 눈의 부기가 여간해서 내릴 줄을 몰랐다.

결국 타이페이의 3군 총의원總醫院에 가서 진찰을 받았는데, 그때는 이미 그 쪽 눈의 시력을 잃고 난 뒤였다. 진찰 결과 각막염이라는 진단이 내려졌다. 나에게 있어 그것은 절망적인 일이었다. 왜냐하면 그전에 이미 나의 왼쪽 눈은 지독한 원시遠視가 되어 있었기 때문이다.

"세수수건 같은 것에서 옮았을 겁니다. 아니면 풀장에서였든가."

주 선생의 말이었다. 나는 육군사관학교에서 수영 교사로 일하고 있었던 것이다. 그로부터 1년이 지난 뒤 나는 각막 이식수술을 받으면 시력을 되찾을 수 있다는 놀라운 말을 들었다. 아내에게 그 말을 했더니 그녀는 얼굴이 환히 밝아지면서 아무 말 없이 예금 통장을 꺼내 내게 내밀었다. 대만불臺灣弗로 2만 달러쯤 들어 있는 통장이었다. 그것은 오랫동안 가내부업으로 아내가 남몰래 모아온 피와 땀의 결실이었다.

"모자라면 또 어떻게 마련해 보겠어요."

아내는 짐짓 웃어 보였는데 그것은 나를 안심시키기 위해서였다.

"당신은 저 같은 것하고는 다른 사람이니까요. 글을 읽을 줄 모르는 사람은 눈뜬장님이니까요. 당신은 눈을 되찾아야 해요."

주 선생은 대만에서 각막 이식수술의 개척가요 권위자였다. 내 이름은 즉시 수술희망자 명부에 올랐다. 그리고 채 한 달이 못되어 주 선생으로부터 전화가 걸려왔다.

"교통사고로 죽은 운전수가 있는데 죽기 전에 자기 몸의 여러 부분을 팔아서 쓰라고 아내에게 유언을 했답니다. 아이가 여섯이나 된다니까 그 살림 사정이야 알 만하지 않겠어요. 그쪽에서는 각막을 양도하는 대신 1만 달러를 달랍니다. 어떻습니까? 수술을 하시겠습니까?"

  수술비용과 입원비를 합쳐 대략 8천 달러 이상은 되지 않겠지 싶어 나는 그 각막을 양도받기로 결심하고 그 이튿날로 입원을 했다. 나는 매우 행운아인 셈이었다. 각막을 얻기 위해 몇 해식 기다렸다는 수술 희망자들의 이야기를 나는 여러 사람에게서 들어왔던 것이다. 수술이 끝나고 나서 회복실로 들려져 갈 때 딸 소용이가 내 곁으로 다가와 속삭였다.

  "모든 게 순조로웠어요. 아빠. 엄마는 오고 싶지만 왠지 두려워 못 오겠다고 했어요."

  "괜찮다고 하더라고 전해라. 아무 염려 말라고."

  나는 19세 때 부모의 권유에 따라 결혼을 했다. 나의 부친과 장인은 오랜 친구 사이로 만일 두 사람이 각각 아들과 딸을 두게 되면 결혼을 시키자고 총각시절에 이미 약속을 해두었었다는 것이다.

  내가 아내를 처음 만난 것은 바로 결혼 당일이었다. 가마를 타고 온 아내가 신방에 들어온 뒤 머리에 쓰고 있던 금란직 보를 벗었을 때 나는 그만 소스라치게 놀랐다. 얼굴이 온통 우박 맞은 잿더미 모양의 곰보인 데다 주먹만 한 들창코, 그 허공으로 뻥 뚫린 두 구멍이 추악하게 벌름거리고 있었던 것이다. 눈썹은 숫제 이름뿐이었고 눈꺼풀에 난 징그러운 흉터는 두 눈을 통통 부어오른 것처럼 보이게 했다. 나와 동갑내기라는데도 사십여 살은 족히 넘어 보이는 기가 막힌 박색이었다. 나는 얼른 어머니 방으로 도망쳐 나와 밤새 잠을 못 이루고 울먹였다.

어머니는 운명이려니 하고 체념하라고 얼굴이 반반하면 틀림없이 얼굴값을 하게 마련이므로 결국 불행을 불러들이는 법이며, 오히려 복은 박색한테 붙는다고도 했다. 그러나 어머니가 뭐라 하던 내 귀엔 들어오지 않았다.

나는 참담한 심정으로 그날 밤을 새웠다. 그 후로 나는 다시는 아내의 방에 발걸음을 하지 않았고 물론 말 한마디 건네지 않았다.그 학교 기숙사로 갔고, 여름방학에도 집으로 갈 생각을 하지 않았다. 마침내 아버지의 당부를 받고 사촌형이 나를 데리러 왔다. 내가 사촌형과 함께 집으로 돌아왔을 때 아내는 마침 저녁상을 차리는 중이었다. 아내는 나를 보자 사뭇 수줍게 미소를 지어 보였으나 나는 기겁을 하고 외면을 해버렸다. 저녁이 끝나자 어머니가 나를 넌지시 불러냈다.

"아무리 그렇기로서니 네가 너무 심한 것 같다. 저 애는 얼굴은 비록 박색이라고는 해도 겪어보니 그렇게 마음이 어질고 착할 수가 없더라."

"그야 어련하겠어요."

나는 끓어오르는 부아를 참지 못하고 어머니를 흘겨보며 볼멘소리를 질렀다.

"마음마저 흉측하다면 어찌 부모님께서 저런 계집을 내게 떠 안겨 주었겠어요."

"얘야, 저 애는 참으로 심지가 깊고 식구 누구에게든 헌신적인 여자란 말이다. 네게 소박을 당하고도 조금도 쉴 틈 없이 부지런히 일을 찾아 하고 또 깔끔하기가 이를 데 없단다. 네 태도가 그렇게 쌀쌀맞아도 원망은커녕 눈살 한번 찌푸린 적이 없다. 눈물을 보인 적도 없고……. 그렇지만 그 심정이 어떻겠니. 넌 생각해 본 일이 없겠지만 저 애 역시 여자라는 점에서 누구와도 다를 바 없잖니. 한세상 살다 가는 걸, 남편 시중 잘 들고 순종하며 자식들 훌륭히 키워준다면 여자로선 더 바랄게 없는 거야. 생으로 젊은 나이를 과부로 보내는 저 애가 너는 가엾지도 않니?"

그 후 나는 눈을 찔끔 감고 아내와 한방에 들기는 했으나 얼어붙은 마음은 여전히 녹을 줄 몰랐다. 아내는 언제나 내 앞에서는 고개를 숙이고 있었고 어쩌다가 한두 마디 말을 할 때도 모기 소리 같은 음성이었다. 내가 짜증을 부리면 잠깐 고개를 들어 배시시 웃고 나서 얼른 고개를 숙여버리곤 했다.

아내는 어려운 살림의 여가를 틈타 밀짚모자를 만들고 돗자리를 짜며 그물을 손질하고 도기陶器에 그림을 그려 넣는 등 잠시도 쉬지 않고 억척스레 일거리를 맡아했다. 그것은 정말 뼈가 부스러지는 노력이었다. 애들도 무럭무럭 자랐다.

우리는 단 한 번도 관사에서 살아본 일이 없었다. 그것은 내가 상사나 동료들에게 아내의 몰골을 보이기 싫어한 까닭이었다. 그러는 사이에 딸 소용이는 대학을 나와 교원생활을 시작했고 아들 녀석은 육사에 재학 중으로 우수한 성적을 올리고 있는 터다. 수술 후 두 주일이 지나 실을 뽑게 되었다. 그 두 주일은 불안 속의 나날이었다.

"완쾌한다면 각막을 주신 분의 무덤을 찾아가야겠다."

나는 딸애에게 말했다. 이윽고 눈에 감긴 붕대가 풀려졌다. 나는 눈을 뜨기가 몹시 겁났다. 주치의가 물었다.

"빛이 보입니까?"

나는 눈을 껌벅이며 대답했다.

"네! 위쪽으로요."

"그건 전등빛입니다. 성공적입니다. 1주일 후엔 퇴원해도 좋소"

주 선생은 내 어깨를 툭 치고 힘주어 말했다. 그로부터 1주일, 나는 하루도 거르지 않고 시력 검사를 받았다. 처음엔 시야가 그저 희끄무레 하기만 하더니 마침내 주치의가 내밀어 보이는 손가락도 알아볼 수 있게끔 되었다. 퇴원하는 날엔 창문이며 침대, 그리고 테이블 위에 놓인 찻잔까지도 모두 또렷하게 보였다.

"엄마가 아빠 좋아하시는 음식을 차려놓고 기다리세요."

퇴원하는 날 소용이가 병원으로 나를 데리러 와 이렇게 말했다. 우리는 택시로 집에 돌아왔다. 택시 안에서 소용이는 웬일인지 그 애 답지 않게 새침하니 말이 없었다. 아내는 부엌에서 요리를 내오고 있었는데, 내가 들어서자 무슨 까닭인지 고개를 숙이는 것이었다. 그러고는 예의 그 나지막한 음성으로 말했다.

"이제 오십니까?"

"고마워, 고생 많이 시켰어."

나는 식탁 앞으로 가 앉았다. 아내는 상을 다 보고 나더니 벽쪽으로 돌아앉아 훌쩍이기 시작했다.

"당신이 조금 전 하신 그 말씀……. 그 말씀만으로 저는 기뻐요. 제 인생은 결코 헛되지 않았다는 생각이 들어요."

아내는 울먹이며 떠듬떠듬 그렇게 중얼거렸다. 그때 소용이가 심상치 않은 기세로 방에 뛰어 들어왔다. 그 애의 얼굴도 제 엄마처럼 눈물로 범벅이 되어있었다. 딸애는 아내의 어깨를 잡아 흔들며 격렬하게 부르짖었다.

"엄마! 아빠에게 모두 털어놔요. 엄마가 아빠에게 눈을 뽑아 드렸다구요. 자아, 얼른 보여드리란 말이에요. 이렇게……."

"애야, 너무 목소리가 높구나. 엄마는 당연히 할 일을 했을 뿐이란다."

아내는 여전히 벽 쪽으로 돌아앉은 채 말했다. 나는 벌떡 일어나 아내에게로 다가갔다. 그리고 그 어깨를 잡아 얼굴을 돌리게 했다. 아내의 왼쪽 눈의 홍채虹彩는 수술 전의 내 눈처럼 흐려 있었다.

"금화! 왜, 왜 이런 짓을 했소"

내가 아내의 이름을 부른 것은 이때가 처음이었다. 나는 아내의 어깨를 쥐어흔들며 소리쳤다.

"당신은, 당신은 소중한 제 남편인걸요."

아내는 그렇게 말하고 내 가슴에 얼굴을 묻었다. 나는 그녀를 으스러지게 껴안았다. 격정이 화닥화닥 불꽃을 튀기며 내 전신으로 퍼져나갔다. 나는 더 이상 몸을 지탱하지 못하고 털

썩 마룻바닥에 무너져 내리듯 주저앉고 말았다. 그리고 아내
의 발 앞에 무릎을 꿇었다.

그
러
니
까

사
랑
이
다

'금지된 장난'과 미친 짓

우리는 다 석류

'좋아요'의 미학

옥석 구별의 맹점

'금지된 장난'과
미친   짓

평생토록 잊을 수 없는 영화 한 편이 있다. 프랑스의 르네 클레망이 감독한 '금지된 장난Forbidden Games 1952'이다. 전화戰禍 속 어린 아이들의 순수와 어른들의 미친 광기狂氣를 더할 수 없이 슬프고 아름답게 시적으로 그린 흑백 명작이다. 꾸밈없이 사실적이면서도 거의 초현실적으로 강렬하게 깊은 인상을 각인시키는 반전反戰영화이다.

때는 1940년 6월. 나치의 프랑스 침공을 피해 파리로부터 남쪽으로 피난을 가던 5세 난 폴렛과 애견 족크 그리고 부모가 나치 공군의 공습을 받아 폴렛만 살아남는다. 졸지에 고

아가 된 폴렛은 피난민이 강에 집어 던진 족크를 찾으러 나섰다가 동네 농부 돌레의 11세난 막내아들 미셸을 만나 미셸의 집으로 간다. 미셸의 가족은 폴렛을 따뜻이 맞아 한 가족처럼 지낸다.

그리고 미셸과 폴렛은 다정한 친오빠와 동생처럼 친해진다. 미셸과 폴렛은 족크를 버려진 물방앗간 안에 묻으려는데, 족크가 외로울 것을 폴렛이 걱정하자, 미셸은 방앗간 안 둘만이 아는 무덤에 죽은 두더지와 곤충과 병아리와 쥐들을 같이 묻어 주고, 무덤을 십자가와 꽃들로 장식해주기로 한다. 그러기 위해 미셸은 무덤에 꽂을 십자가들을 훔치기 시작하는데, 제일 먼저 말에 채여 죽은 자기 맏형 조르지의 관을 실은 영구마차의 장식품 십자가를 비롯해, 성당 제단에 있는 십자가까지 훔치다가 신부에게 들켜 혼이 난다.

그러다 미셸과 폴렛은 성당 옆 공동묘지에 있는 십자가들을 손수레에 싣고 자기들만의 묘지로 옮긴다. 신부로부터 십자가 도둑이 미셸이라는 말을 들은 돌레는 미셸을 마구 두들겨 패면서 십자가들의 행방을 추궁하나 미셸은 입을 굳게 다물고 밝히지 않는다. 이 때 마침 경찰이 폴렛을 고아원에 보내기 위해 돌레 집을 찾아온다. 안가겠다고 우는 폴렛과 떨어지기 싫은 미셸은 아버지에게 십자가의 행방을 알려주는 대신 폴렛을 보내지 말라고 사정한다. 돌레가 그러겠다고 하자 미셸은 십자가가 어디에 있는지 말한다.

그런데 아버지가 약속을 어기고 폴렛을 경찰에 넘기자 미셸은 묘지로 달려가 십자가들을 죄다 망가뜨려버린다. 인파로 붐비는 기차역. 불안과 두려움과 슬픔에 젖은 눈동자로 역사에 쪼그리고 앉아 폴렛은 자기를 수녀원의 고아원으로 데려갈 기차를 기다리고 있다.

이 때 누군가 "미셸"하고 부르는 소리가 들려온다. 이에 폴렛은 벌떡 일어나 "미셸"하고 부르나 그 미셸은 다른 남자의 이름이었다. 폴렛이 계속해 미셸을 찾으면서 역 안의 인파 속으로 뛰어가는 마지막 장면이 보는 사람 가슴 메어지게 하고 눈시울을 적셔준다.

베니스 영화제 대상과 오스카 외국어 영화상을 받은 이 영화는 어린이들의 순수한 사랑과 정직성에 대비시켜 어른들의 기만과 이기심, 인간의 잔인성과 어리석음, 그리고 전쟁의 광기와 참극을 규탄하고 통탄하는 최고의 걸작인데, 기타로 연주되는 유일한 음악 나르시소 예페스의 '로망스'가 긴 여운으로 남는다.

아, 선각자 한사람이 떠오른다. 영국의 화가이자 시인 윌리엄 블레이크William Blake (1757–1827) 시집 '순수와 경험의 노래 : 천진무구天眞無垢와 유구송有垢誦Songs of Innocence and of Experience'말이다. 이 두 노래는 동요동시집이다.

순수의 노래가 어린이들의 '순수'에 대한 찬가라면 경험의 노래는 어른들의 미친 세상 '지옥의 노래'라고 할 수 있으리라. 이 노래들은 21세기 오늘날에도 우리에게 큰 울림을 주고 있다.

아_아_우리 모두 어린 시절로 돌아갈거나!

비나이다. 비나이다. 천지신명께 비나이다.

우리 어서 미친 짓 그만 하고

'금지된 장난'만 할 수 있도록.

우 리 는
다 석류
石榴

스스로 '명품'이 될 생각을 못하고 명품을 갖지 못해 애쓰는
세상이고, 환영 이미지 아이콘에 집착하는 세태이지만 시조시
인 조운(1900-1956)의 '석류石榴'를 음미해보자.

투박한 나의 얼굴
두툴한 나의 입술

알알이 붉은 뜻을
내가 어이 이르리까

보소라 임아 보소라

빠개 젖힌

이 가슴

    좋고 아름다운 것은 외부에서 오지 않고 내부에서 자라 영글면 넘쳐나는 것임을 깨우치게 하는 시다. 마치 화산이 폭발하듯 말이다. 우리 각자 자신이 살아온 삶을 돌아보면 다 알 수 있는 사실 아닌가. 너무도 자명한 일이다. 밖을 보기 위해서는 안을 봐야 한다는 진리일 게다.

'좋아요'의
미   학

최근 페이스북이 '좋아요'를 보완할 버튼을 만들고 있다고
밝히자 그 이름이 '안 좋아요'가 될지 '싫어요'가 될지 '슬퍼요'
가 될지 '별로예요'가 될지 관심을 끌었다.

최근 한국에선 가수 임재범(53)이 3년 만의 새 앨범 발표를
앞두고 선공개곡 이름을 2015년 10월 6일 음원사이트에 올렸
는데 '바람처럼 들풀처럼 이름 없이 살고 싶었던 남자가 소중
한 한 사람에게 만큼은 특별한 이름이고 싶다'는 주제란다. 데
뷔 30주년을 맞아 보컬리스트로서는 초심으로의 회귀, 음악적
으로는 발전을 꾀한 것이라는 설명이다.

우주에서 가장 작으며 가장 가벼운 소립자인 중성미자의 존재가 요즘 각광을 받고 있다. '작은 중성자'라는 뜻의 중성미자가 워낙 작고 전기적으로도 중성인데다 무게도 있는지 없는지가 불분명할 정도로 가벼워 존재 확인이 극히 어렵지만, 현재 확인된 중성미자의 무게는 양성자의 1/1836인 전자의 100만 분의 1에 불과하며 1광년 길이의 납을 통과하면서도 다른 어떤 소립자와 충돌하지 않을 정도로 작다고 한다.

이 중성미자는 태양에서 만들어져 날아온 것인데 관측된 수치가 이론적으로 예측된 수치의 1/3에 불과했던 것을 중성미자가 날아오는 동안 계속 '형태^{flavor}'를 바꾼다는 사실을 알아낸 사람이 바로 일본의 가지타 다카아키와 캐나다의 아더 맥도널드다. 이 공로로 이 두 사람이 2015년 노벨 물리학상 수상자가 됐다.

이 중성미자의 변형은 우주 탄생의 비밀과 직결돼 있다는 점에서 새로운 주목을 받고 있다. 138억 년 전 '빅뱅'과 함께 우주가 태어났을 때 물질과 반물질의 비중은 거의 같아, 이 둘이 서로 만나면 폭발해 없어지기 때문에 아무것도 남지 않게 된다.

이런 상황에서 어떻게 지금과 같은 우주가 생겨났는지는 지금까지 미스터리로 남아 왔는데 중성미자의 변환 과정에서 물질이 반물질보다 조금 더 남았다는 설이 최근 각광을 받게 된 것이다. 천문학자나 과학자도 아닌 문외한인 내가 이를 감히 아주 쉽게 풀이해보자면 이 '물질'이 '좋아요'이고 '안 좋아요'가 '반물질'이라고 할 수 있지 않을까 하는 생각이다.

우리가 이 세상에 태어난 것은 우리의 선택이 아니지만 나머지는 다 우리 각자의 선택사항이 아닌가. 죽는 날까지 어떻게 사느냐가, 일찍 삶을 포기하고 자살하는 것까지 포함해서 말이다. 우주 만물, 세계 만인 '좋아요' 버튼만 누르고 또 누를 대상만도 부지기수, 하늘의 별처럼 많은데 '좋아요' 버튼만 누를 시간만도 너무 너무 부족한데, 어찌 '안 좋아요'나 '싫어요' 또는 '슬퍼요'나 '별로예요'로 너무도 소중하고 아까운 시간을 낭비할 수 있으랴.

그뿐만 아니라 우리가 누구든 무엇이든 좋아하고 사랑할 때 천국을, 싫어하고 미워할 때 지옥을 맛보게 되지 않던가. 그러니 '반물질'의 '안 좋아요'가 카오스Chaos를 불러 온다면 '물질'의 '좋아요'는 '아브라카다브라abracadabra' 주문 외듯 코스모스Cosmos를 피우리라.

옥 석
구별의
맹 점

    온실의 화초를 옥玉이라 한다면 들의 잡초는 돌石이라 하겠지만 옥도 돌이 아닌가? 그런데도 사람들은 옥과 돌을 구별한다. 그래서 '돌을 차면 발만 아프다' 하는 것이리라.

    최근 하버드대 토론연합HCDU이 뉴욕 동부교도소 재소자들과의 토론 대회에서 패배했다. 하버드대 재학생들로 구성된 토론연합은 미전역 및 세계챔피언 전에서 1위를 차지했던 일류 토론 팀이다.

    뉴욕 동부 교도소 재소자들의 승리는 이번이 처음이 아니다.

재소자들은 토론동아리를 만든 이후 2년 동안 미국 대학 토론 팀들과 시합을 벌여왔으며, 웨스트포인트 미 육군사관학교 토론팀도 이겼다. 상아탑의 최고 명문대 학생들이 그야말로 산전수전 다 겪은 교도소 재소자들에게 진 것은 너무도 당연한 일이 아닐까 생각해 본다. 마치 폭풍우 속에서도 야생의 잡초들은 살아남지만 온실의 화초들은 그럴 수 없듯이 말이다.

탁상공론의 지식과 삶의 지혜는 전혀 별개의 문제가 아닌가. 우리 칼릴 지브란의 〈방랑자The Wanderer 1932〉가 '모래 위UPON THE SAND'에 적은 글을 심독心讀해보자.

한 사람이 다른 사람에게 말하기를, "오래 전 밀물 때 내 지팡이 끝으로 모래 위에 한 줄 적었는데 사람들이 아직도 그 글을 읽으면서 그 글이 지워지지 않게 조심한다네." 그러자 다른 사람이 말하기를, "썰물 때 나도 모래 위에 한 줄 적었지만 파도에 다 씻겨버렸다네. 그런데 참 그대는 뭐라고 썼는가?" 첫 번째 사람이 대답해 말하기를, "나는 이렇게 썼다네. '나는 있는 그 (사람)'이라고. 그럼 그대는 뭐라고 썼었나?" 다른 사람이 대답해 말하기를, "이렇게 나는 적었었네. '나는 이 대양의 물 한 방울 일 뿐'이라고. Said one man to another, "At the high tide of the sea, long ago, with the point of my staff I wrote a line upon the sand; and the people still pause to read it, and they are careful that naught shall erase it." And the other man said, "And I too wrote a line upon the sand, but it was at low tide, and the waves of the vast sea washed it away. But tell me, what did you write?" And the first man answered and said, "I wrote this 'I am he who is.' But what did you write?" And the other man said, "This I wrote 'I am but a drop of this great ocean.'"

그
러
니
까

사
랑
이
다

순간에서 영원을 산다

황혼의 섹스

명품과 진품

어떤 역사를 쓸 것인가

순간에서
영 원 을
산   다

순간의 확대판이 영원이고 영원의 축소판이 순간이라면, 우리는 모두 순간에서 영원을 살고 있지 않나. 내가 태어나기 전 헤아릴 수 없는 무궁한 세월 동안 우주는 존재해왔고, 또 내가 떠난 다음에도 우주는 영원토록 계속 존재하는 것이라면, 찰나 같은 나의 존재란 어떤 것일까?

나의 존재란 언제부터 언제까지일까. 엄마 뱃속에 잉태된 그 순간부터이거나 아빠의 정자로 생긴 때부터이거나, 또는 그 이전부터일까. 그리고 내 심장이 뛰기를 멈추거나 마지막 숨을 내쉬거나 의식을 잃는 순간, 그 언제 끝나는 것일까. 아

니면 부모와 조상으로 한없이 거슬러 올라가고 또 자식과 후
손으로 끝없이 이어지는 것일까. 불교에서 말하는 '윤회'가 아
니라고 해도 말이다.

　뉴론^{neurons}이란 정보를 전송하는 두뇌 속 세포들의 작용으로
우리는 보고 듣고 생각하고 행동하기 등 모든 행위가 이루어
진다고 한다. 이 뉴론들 사이의 연결점들은 시냅시즈^{synapses}라
고 불리는데 여기에 기억들^{memories}이 저장된단다.

　그리고 이 시냅시즈들은 물론 뉴론들도 한없이 복잡 미묘
한 영원한 수수께끼들이란다. 어디 그뿐인가. 시냅시즈와 뉴
론들 숫자는 하늘의 별처럼 부지기수라 하지 않나. 다시 말
해 한 사람의 두뇌 속에만도 광대무변의 무한한 우주가 있다
는 얘기다.

　갓 태어났을 때부터 내가 나를 관찰할 수는 없었지만 내 손
자와 손녀만 보더라도 참으로 경이롭기 이를 데 없다. 외형의
외모만 보더라도 날이면 날마다 시시각각으로 그 모습이 달라
지고 변해가고 있음을 여실히 목격한다.

　어느 한 순간의 모습과 표정도 두 번 다시 반복되지 않고 영

원무궁토록 단 한번뿐이라는 사실을 가슴 저리도록 아프게 절감한다. 너 나 할 것 없이 우리 모두 각자의 순간순간의 삶이 그렇지 않은가. 그 얼마나 한없이 슬프도록 소중하고 아름다운 순간들이고 모습들인가. 영세무궁토록 다시는 볼 수 없는 사람들이고, 처음이자 마지막인 만남들이요 장면들이 아닌가.

   진실로 그러할진대, 아무리 좋아하고 아무리 사랑해도 한없이 끝없이 너무너무 부족하기만한데, 우리가 어찌 한시인들 그 아무라도 무시하거나 미워하고 해칠 수 있으랴. 우리는 다 각자대로 순간에서 영원을 사는 것임에 틀림없어라!

황혼의 섹스

1973년에 출간된 이후 거의 3천만 권이 팔린 베스트셀러 '비상의 공포^{Fear of Flying}' 저자 에리카 종^{Erica Jong}이 최근 그 속편 '죽음의 공포^{Fear of Dying}'를 냈다.

'비상의 공포'를 두 단어로 요약한다면 '지퍼 없는 씹^{zipless fuck}'으로 '막을 길 없는 성적 욕망' 이야기다. 여자라면 이런 상상은 못할 것이라고 생각하는 남자들은 '놀라 자빠질 것'이라는 홍보문구처럼 센세이셔널한 문제작으로 40개 국어로 번역 출판되었고, 여성의 성적 자아표현의 기폭제가 됐다.

'죽음의 공포'는 또 다른 금기사항인 노인들의 섹스를 다룬다. 이 속편 소설의 주인공은 60대 할머니지만 농익은 욕정을 'zipless.com'이란 쉽고 편한 섹스 사이트^{casual-sex site}를 통해 아무 부담 없이 채운다.

이 신간 커버엔 미국의 영화감독, 배우, 극작가 겸 음악가 우디 알렌^{Woody Allen}의 다음과 같은 추천의 글도 실렸다. "난 죽음이 두렵지 않다는 그의 유명한 말을 생각하고 있었다. 다만 그가 죽을 때 그 자리에 있고 싶지 않아 그가 이 책을 읽는 게 좋겠다고 생각했다. I was thinking of his famous quote, I'm not afraid of dying; I just don't want to be there when it happens, so I thought he should read this."

'비상의 공포'가 이 책을 읽은 독자들로 하여금 버스나 지하철 기차 옆 좌석에 앉은 참한 아가씨나 여인을 달리 쳐다보게 했듯이, '죽음의 공포'를 읽는 독자들도 할머니들을 달리 쳐다보게 될 것이라고 '비상의 공포'에서 문학적인 영향을 받았다는 소설가 제니퍼 위너^{Jennifer Weiner}는 말한다.

내가 청소년 시절 읽은 소설이 하나 있다. 저자의 이름은 기억나지 않지만 그 제목은 '인간발견'이었던 것 같다. 한 신부^{神父}가 억제만 해오던 성^性에 눈 떠 파계하고 인간으로서의 자아를 발견하는 이야기였다.

그 후로 영국에 살 때 이웃에서 작은 식료품 가게를 하는 부부를 만났는데 남편은 아일랜드 사람으로 한국에서 신부로 18년 근무하다 한국 수녀와 만나 신부와 수녀 복을 벗고 아들 딸 낳고 단란한 가정을 꾸미며 '인간적'인 삶을 살고 있었다.

종교 특히 기독교에서 섹스를 불결해하며 치부시하고 또 여성을 제2의 성으로 격하시키면서, 지상의 삶을 외면, 그림의 떡 같은 천국행에 목을 매게 해오지 않았나. 사람이 살기 위해서는 숨을 쉬고 밥을 먹고 잠을 자야 하듯 섹스도 너무나 자연스런 인간 본능이요, 프로이드가 성욕 리비도^{libido}가 삶의 원동력이라고 했다는 학설을 빌리지 않더라도, 우리 삶의 엔진^{engine} 발동기가 아닌가 말이다.

자동차에 비유해서 차가 오래 돼도 달릴 때까지는 엔진이 작동해야 하는 것처럼 우리 몸의 엔진인 섹스도 마찬가지 아닌가. 그렇다면 섹스가 남자나 젊은이들만의 전유물일 수는 없다는 얘기다. 촛불의 심지가 다 타버릴 때 마지막으로 불꽃이 커지듯 황혼의 섹스도 마찬가지이리라.

명품과
진 품

'지각^{知覺}'이 '현실^{Perception is reality}'이라고 한다. 인물이고 사물이
고 간에, 믿는 대로 느끼고 보고 싶은 대로 느끼는 마음의 인
식작용을 일컫는 말인 것 같다.

2012년 미연방수사국^{FBI}은 싸구려 와인에 프랑스 명품 와인
라벨을 부착해 무려 130만 달러(약 15억 원)에 달하는 부당이
득을 챙긴 범인을 검거했다. 그 당시 놀랍게도 세계적인 와인
전문가들조차 위조한 명품 라벨에 속아 와인 맛까지 명품으로
착각했다는 것이다.

1970년대 영국에 살 때 비영리 소비자보호 공익단체에서 명품 화장품들을 수거해 조사 분석한 보고서를 보니 바셀린 종류의 원료 이상 들어 있는 것이 없고 향료를 포함해 재료 값은 얼마 안 되며 화려한 포장과 광고 선전비가 상품가격의 90% 이상을 차지한다는 거였다.

1980년대 미국 뉴저지주 오렌지 시에서 잠시 가발 가게를 한 적이 있다. 당시 가발 개당 도매 구입 원가가 평균 7달러로 소매가는 21달러였다. 그런데 간혹 직업이 연예인이나 가수 같은 고객이 명품 가발을 찾으면서 21달러짜리 가발은 거들떠보지도 않고 제일 비싼 가발을 보여 달란다. 그러면 하는 수 없이 21달러짜리 가발이라도 '명품'이라며 그 열 배로 210달러를 받아야 손님이 만족해했다.

언젠가 한 여성이 허물없이 대화하는 중에 자기는 치과에 가서 '룻 커낼root canal' 같은 고통스러운 치료를 받는 순간에도 최근 섹스하면서 느끼던 오르가슴을 떠올리면 견딜 만하더라고 했다. 그리고 설혹 치한한테 강간을 당하더라도 순간을 저주하고 수치심에 괴로워하다가 자살이라도 하느니, '피할 수 없거든 즐기라'는 격언대로 하는 게 낫지 않겠느냐는 말을 들었다.

그녀는 부언하기를 남녀 간에 첫사랑과 결혼까지 하게 되는 경우는 극히 드물고, 많은 경우 마지못해 적당히 편의상 썩 내키지 않는 사람과도 결혼하게 되지만, 그렇다고 반드시 비참해 하면서 불행할 필요가 없지 않겠느냐고 했다. 그러면서 극단적인 예까지 드는 것이었다. 싫은 사람과 섹스를 하면서도 눈을 감고 좋아하는 사람이라고 상상할 수 있지 않겠느냐고.

젊어서 한 때 서울 한 복판에 내 자작 아호 '해심海心'이란 이름으로 주점 대폿집을 차려 '해심주'와 '해심탕'으로 대인기를 끌면서 문전성시를 이뤘었다. 한 가지 희한한 사실은 수많은 손님들이 '해심탕'을 안주로 '해심주'를 마시면 잠시나마 실연의 슬픔도 삶의 고달픔도, 세상의 모든 근심 걱정 다 털어 버리고 인생을 달관하게 되노라고 비록 취중이지만 내게 거듭 증언하는 것이었다. 필시 이 '해심'이란 내 작명 철학 때문이었으리라.

후세 사람들이 성인군자나 위인이라고 숭상하는 인물들도 빛과 그림자처럼 좋고 나쁜 양면을 다 갖고 있었을 것이다. 소크라테스나 톨스토이가 세상 사람들 보기에는 훌륭한 인물들이었을지는 몰라도 가족 특히 부인들에게는 형편없는 남자들이 아니었을까? 오죽하면 부인을 '악처'로 만들었을까. 새삼 '

수신제가치국평천하'란 말을 숙고하게 된다. 오늘날에도 얼마든지 볼 수 있다. 한두 예를 들어보자.

내 세 딸들이 다닌 영국의 명문 음악학교의 저명한 선생님 한 분이 제자들을 성추행 해온 사실이 밝혀져 조사를 받아오던 중 최근 자살했고 피해 학생 한 명도 자살했다는 소식을 들었다.

미국에서도 UC 버클리 교수이자 그 동안 70개의 외계 행성을 발견한 유명한 천문학자 제프리 마시가 여학생들을 성희롱한 혐의로 사직했고, 미국 연예계의 대부로 만인의 칭송을 받아온 빌 코스비는 수많은 연예계 지망생들을 약물을 탄 음료수를 먹여가면서 성폭행을 일삼아 온 사실이 드러나 법의 심판을 받게 되었다.

아, 그래서 자고로 겉이 화려하면 속이 빈약하다고 외화내빈外華內貧이라 하나 보다.

자, 이제, 우리 모두 내실內實을 기하기 위해, 부질없이 밖에서 명품을 찾지 말고, 우리 각자 자신이 믿는 대로 보고 싶은 대로, 바라고 원하는 대로, 각자가 스스로를 작명해서 단 하나뿐인 명품인물이 되어 명품인생을 살 때 우리 각자는 가짜가 아닌 진품으로 전무후무하고 유일무이한 명품이 될 수 있으리.

어떤 역사를 쓸 것인가

　최근 현행 8개의 한국사 검인정교과서를 단일화하겠다는 정부방침으로 국회 내에서뿐만 아니라 외부에서까지 찬반토론이 활발하고, 국정화에 반대하는 각계 성명이 잇따랐다. 도대체 역사란 무엇인가 생각 좀 해보자.

　"선생님, 역사란 무엇입니까?" 한 젊은 제자로부터 이런 질문을 받고 "역사란 믿을 수 없는 것일세."라고 작가 이병주는 답했다고 한다. 그는 장편소설 '산하'의 제사題辭로 '태양에 바래지면 역사가 되고 월광에 물들면 신화가 된다.'고 적었다. 역사란 승자의 기록이다. 아는 만큼 보인다고 하지만 제대로 잘 보려면 그 배경과 이면의 사정事情을 살필 수 있는 심안心眼을 가져야 하리라.

콜럼버스를 그 한 예로 들어보자. 미국에선 1934년 프랭클린 루즈벨트 대통령에 의하여 10월 12일이 콜럼버스 날Columbus Day 연방 공휴일로 정해졌다가 1971년 10월의 둘째 월요일로 변경되었다. 신대륙 발견 500주년을 기해 National Geographic 잡지가 '콜럼버스가 우리를 발견한 것이 아니라, 우리가 먼저 콜럼버스를 보았다'라는 남아메리카 사람들의 시각을 소개하면서 콜럼버스의 비판이 표면화되기 시작했다.

콜럼버스가 남미대륙에 상륙한 이후 150년 동안 1억 명에 달하던 원주민들의 숫자가 300만 명으로 줄어들었다며, 그들은 콜럼버스를 인류 역사상 최대의 학살을 촉발한 침략자로 보게 되었다. 베니쥬엘라Venezuela의 우고 챠베스(1954-2013) 대통령은 2002년, "10월 12일을 원주민 저항의 날로 바꾸라!"는 대통령령을 내리기도 했다.

미국 미네소타 대학 인권센터에서는 '콜럼버스를 사상 최악의 인물'로 모의재판에 기소하였는데, 배심원들은 12시간에 걸친 심리 끝에, 7개의 죄목인 노예범죄, 살인, 강제노동, 유괴, 폭행, 고문, 절도에 대해서 유죄라고 평결하였고, 재판장은 죄목 하나마다 50년씩 계산해서 통산 350년의 사회봉사활동을 콜럼버스에게 선고하였다. 이 같은 현상은 아직도 세계 도처에서 인종과 민족, 국가 간 그리고 개개인 사이에서도 사회 전반에 걸쳐 갑을 관계로 계속 반복되고 있지 않나. 흔히 속된 말로 억울하면 출세하라느니, 적자생존이니, 약육강식이니 말하고 있다.

아, 그래서 원불교를 창시한 소태산 대종사는 "모든 사람에게 천만 가지 경전을 다 가르쳐 주고 천만 가지 선善을 다 장려하는 것이 급한 일이 아니라, 먼저 생멸 없는 진리와 인과응보의 진리를 믿고 깨닫게 하여 주는 것이 가장 급한 일"이라고 했으리라. 이 '생멸 없는 진리'와 '인과응보의 진리'를 내가 한마디로 풀이하자면 '우리는 하나'라고 할 수 있지 않을까. 내가 너를 위하면 곧 나를 위하는 게 되고, 내가 너를 다치게 하면 곧 내가 다친다는 진실 말이다.

호기심에 가득 찬 아이들은 말끝마다 "왜?"라고 묻는다. "네가 좋아야 나도 좋으니까" 이것이 정답이 될 수 있지 않을까. 우리 어른들도 아이들처럼 "왜?"라 묻고, 전쟁과 파괴의 카오스를 초래하는 대신 사랑과 평화의 코스모스를 창조해가면서

밝고 아름다운 우리 역사를 써보리라.

그
러
니
까

사
랑
이
다

스탕달 신드롬과 코스모스 상사병

이게 삶이야

춤을 추어볼거나

구름잡이라 해도

그러니까 사랑이다

스 탕 달
신드롬과
코스모스
상 사 병

'스탕달 신드롬^{Stendhal Syndrome}'이란 뛰어난 예술작품을 감상한 후 그 압도적인 감동으로 심장이 빨리 뛰고, 의식혼란과 격렬한 흥분이나 어지럼증을 동반한 환각상태를 경험하는 현상을 말한다.

명작 '적과 흑'의 프랑스 작가 스탕달^{Henri Marie Beyle} (1783-1842)이 이탈리아 피렌체를 방문해 르네상스 미술품들을 감상하다가 무릎에 힘이 빠지고 심장이 빠르게 뛰는 것을 경험한 다음 이를 자기 작품에 그대로 서술해 묘사했고, 그 이후 이와 비슷한 체험을 한 여행객들의 사례가 계속 보고되면서 '

스탕달 증후군'이란 용어가 생겼다고 한다.

이 같은 현상을 부인하고 싶지는 않지만 이것이 어디 '미술
품'에 한해서일까. 자연만물을 어린 아이의 눈으로 바라볼 때
'예술품'에 비할 수 없이 언제나 한없이 경이롭고 신비로운 우
주에 몰입되지 않던가. 때론 숨 막히고 심장이 멈추는 듯 정
신이 혼미해지는 무아지경의 황홀감을 느끼게 되지 않던가.

오늘 친구가 이메일로 전달해준 누드 서예를 감상하면서는
어떤 미술품의 명화를 볼 때보다 더 진한 감동을 받게 된다.
어려서부터 나는 미술관이나 박물관 관람에 별 흥미를 못 느
꼈고, 인공 건축물이나 도시보다 있는 그대로의 자연과 시골
이 더 좋았다. 눈부시게 발전하는 기계문명을 등지고 원시 시
대로 돌아갈 수 있다면 얼마나 좋을까 하는 생각까지 하게 된
다. 문명의 이기가 편리하지만 마치 유체이탈이라도 하듯 우
리가 우리의 근원과 분리돼 우리의 근본을 망각해버리는 것
같아서이다.

우리 외면의 세상도 놀랍지만 우리 내면의 세계는 그 더욱
놀랍지 않은가. 불교의 득도한 스님들이 천리 밖을 내다 볼 수
있다는 '천리안千里眼'이 요즘 과학자들에 의해 입증되고 있단

다. 이런 현상을 괴테는 "하늘의 별들이 반짝이고 우리 가슴 뛰는 기적"이라고 했다면 이는 우리 밖의 우주도 신비하고 우리 안의 우주도 신비함을 말한 것이었으리라.

최근 서울대학교 미주지역 대학동창회보로부터 원고 청탁을 받고 'My Story and Your History'라는 페이지의 일곱 가지 질문에 답한 것 중 2번째, 4번째 그리고 5번째 질문에 관한 것만 옮겨 본다.

2. 동문님의 인생에 가장 의미를 부여하고 싶은 것이나 삶의 철학, 좌우명?

답 : 열 살 때 지은 자작 동시 '바다'와 사춘기 때 지은 자서시自敍詩 '코스모스'가 있는데 '바다'는 나의 주기도문呪祈禱文이 되었고, '코스모스'는 내 인생순례의Cosmic Journey가 되었다.

4. My Favorite Things: 책 음악 영화 음식 사람 장소 등등

답 : 첫 인상이 코스모스 같아 나의 '코스모스'라고 부르고, 4.19를 전후해서 혈서로 사랑을 고백했으나 실연당해

유서를 우편으로 부치고 동해 바다에 투신까지 했었던, 나의 첫사랑이 '행여라도 님이실까' 읽어주길 간절히 바라는 일념에서 '코스모스 시리즈'를 책으로 내는 것이 나의 유일한 관심사가 되었다.

5. 동문님이 자랑하고 싶은 특별 건강관리 비법은?

답 : 만인과 만물을 '코스모스'의 분신으로 보고 죽도록 사랑하는 것.

·이 게·
·삶이야·

지난 주말 인근에 있는 과수원에 사과 따러 갔다 와서 집 주
위 잔디밭에 떨어져 있는 낙엽들을 긁어모아 수북이 쌓아 놓
고 그 위로 일곱 살짜리 내 외손자 일라이자^{Elijah}가 벌렁 나자
빠지더니 청명한 가을 하늘을 쳐다보다 지그시 눈을 감으면
서 탄성을 지른다.

"이게 삶이야^{This is Life}"

내가 내 귀를 의심하면서 "너 금방 뭐라고 말했니? 라고 묻
자, 제 엄마는 한미韓美 혼혈아이고 아빠는 유태인인 이 아이

가 "이게 삶이야!"를 반복하고 나서 느긋이 웃으며 "농담이야 It's a joke"라고 한다.

최근 친구가 이메일로 전달해준 글이 떠오른다.

촛불 하나의 교훈

미국의 존 머레이는 한 푼의 돈도 헛되게 쓰지 않는 검소한 생활로 부자가 된 사람이다. 어느 날 머레이가 밤늦도록 독서를 하고 있는데 한 할머니가 찾아왔다. 그러자 그는 켜놓은 촛불 2개 중 하나를 끄고 정중히 할머니를 맞았다.

"늦은 시간에 무슨 일로 찾아오셨습니까?"

"선생님께 기부금을 부탁하려고 왔어요. 거리에 세워진 학교가 어려움을 겪고 있으니 조금만 도와주세요."

할머니는 겸연쩍게 말했다. 그러자 머레이는 돕겠다는 대답과 함께 5만 달러면 되겠느냐고 물었다. 선뜻 거액을 기부하겠다는 말에 할머니는 깜짝 놀랐다.

"조금 전에 촛불 하나를 끄는 것을 보고 모금이 안 될 것이라고 생각했는데 뜻밖에 거액을 기부하겠다니 기쁘고 놀라울 뿐입니다"

"독서를 할 땐 촛불 2개가 필요하지만 대화할 때는 촛불 하나면 충분하지요. 이처럼 절약해왔기 때문에 돈을 기부할 수 있는 것입니다."

물질은 가치 있게 사용될 때 빛난다. 우리말에 '티끌 모아 태산'이라고 나도 어려서부터 혼자 한 걸음 한 걸음씩 산꼭대기에 올라서 내려다보면 어떻게 내가 이 높은 산을 올라왔는지 감탄에 감탄을 하곤 했다. 세상살이가 다 이와 같은 것 같다. 돈도 한 푼 두 푼 아끼며 모아야 꼭 써야 할 데 큰돈으로 쓸 수 있어서이다. 낙엽 하나하나 갈퀴로 긁어모아 풍성한 낙엽침대에 벌렁 누워 흐뭇한 만족의 탄성을 지르는 내 외손자처럼 말이다.

고등학교 시절 생각이 난다. 다니던 교회 주일학교 선생님이시던 나보다 네 살 위의 여선생님이 한 동안 안 보이시더니 서울 서대문 밖 홍제동에 있는 보육원 고아원 보모로 가셨다는 말을 듣고 고학하며 모은 돈을 몽땅 털어 선생님께 드릴 시집 한용운의 '님의 침묵'과 원아들에게 줄 과자 등을 사서 전차나 버스도 타지 않고 서너 시간씩 걸어서 찾아가곤 했었다.

그야말로 '개미 금탑金塔 모으듯' 나는 단 한 푼도 낭비하지 않고 큰돈은 아니지만 작게나마 항상 내가 쓰고 싶을 때 쓸 수가 있었다. 딸들이 영국 만체스타에 있는 음악기숙학교 다닐 때 애들 보러 가서는 주머니에 있는 돈 다 털었었다. 그리고 밤늦게 서너 시간 차를 몰고 돌아오면서도 휴게소에서 차 한 잔 사 마실 돈도 없었다.

매주 영국 각지로 출장을 다니면서 식대로 나오는 돈으로 식당에서 밥을 사먹지 않고 하루 세끼를 집에서 싸 갖고 간 샌드위치로 때웠다. 미국에 와서는 가발 가게를 하나 하면서 아파트 방 한 칸 얻지 않고 가게 뒤 헛간에다 야전 침대 하나 놓고 지내기도 했다.

6.25 동란 때는 미군부대 '하우스 보이house boy'로 일하면서 미군 장사병들이 시도 때도 없이 주는 츄잉껌, 초콜렛, 과자, 도로프스drops, 사탕 등 오만 가지 맛있는 것들을 하나도 입에 대지 않고 다 모았다가 어머니께 갖다 드려 팔아 쓰시게 했다.

그래서였을까 나는 언제나 백만장자 부럽지 않을 정도로 부족함을 모르고 꿈도 못 꾸던 수많은 일들을 하고 싶은 대로 해오면서 나도 내 외손자 일라이자의 탄성처럼 '이게 삶이야!'를 날이면 날마다 시시각각으로 내지르게 된다.

춤 을
추어볼
거 나

　가수 인선이가 10월 16일 발표한 첫 솔로 곡 '사랑애(哀)'는
연인과의 헤어짐을 예감하지만 받아들일 수 없는 여자의 애절
한 마음을 담아 부르는 노래란다. 이게 어디 연인과의 헤어짐
또는 여자의 마음뿐이랴. 부모형제, 부부와 자식, 손자손녀,
친구와 이웃, 모든 사람과의 헤어짐을 예감이 아니라 만나는
사람은 반드시 헤어질 운명이라는 회자정리會者定離를 처음부
터 잘 알고 있어야 하는 일 아닌가.

　그런데도 우리는 이 엄연한 사실을 종종 잊고 사는 것 같다.
누가 되었든 지금 내가 마주 보고 있는 사람과 조만간 헤어질 수밖에 없다는 걸 생각할 때 슬프지 않을 수 없다. 특히 어린 손자와 손녀를 보면서 이 아이들이 다 크는 걸 못 보고 이 세상을 떠날 생각을 하면 너무도 슬퍼진다.

아, 그래서 시인 윤동주도 그의 '서시序詩'에서 '별을 노래하는 마음으로 모든 죽어가는 것을 사랑해야지'라고 다짐했으리라. 이 실존적인 슬픔을 극복하고 초월하기 위해 신화와 전설을 포함한 문학과 예술이 생겼으리라.

문학에서는 흔히 '이야기story'와 '이야기의 줄거리plot'를 구별한다. 전자가 작품 속 인물들이 겪는 일들이라면 후자는 이런 모험들이 결말지어지는 관점에서 바라본 사건들을 말한다.

예를 들자면 '한 소년이 삭발하고 중이 되겠다고 절에 들어간다. 아무도 그 까닭을 모른다. 그가 한 소녀로부터 거절당한 걸 알게 될 때까지' 이것이 미스터리가 있는 '플롯'이란 말이다. 우리가 시간 속에 살듯이 픽션 속의 인물들도 그렇지만, 우리가 실제로 체험하는 시간이나 픽션 속 시간이나 둘 다 시계의 초침이 때깍 때깍 하는 대로가 아니고, 길게도 짧게도 주관적으로 느끼게 된다. 그러나 픽션에선 이야기와 이야기 속 인물에 따라 시간이 경과하고 존재할 뿐, 의미가 없거나 이야기에 보탬이 안 되는 시간은 없는 셈이다. 현실과 픽션의 가장 큰 차이점은 현실세계에선 '원인'이 '결과'를 초래하지만 픽션에선 그 반대란 것이다.

독일 작가 하인리히 폰 클라이스트^{Heinrich von Kleist}는 '인형극장에 관하여^{On the Marionette Theater}'란 에세이에서 이렇게 말한다.

"이 인형들은 요정들처럼 지상地上을 오로지 출발점으로 사용할 뿐이다. 잠시 쉬었다가 그들의 팔다리로 새롭게 비상하기 위해 지상으로 돌아올 뿐이다. 그렇지만 우리는 지구가 필요하다. 지상에서 춤을 추다 휴식을 취하기 위해서지만 이 휴식 자체는 춤이 아니다. 휴식하는 이 순간들을 휴식이 아니라고 할 수 있을 만큼 가장하는 것 이상 없다. These marionettes, like fairies, use the earth only as a point of departure; they return to it only to renew the flight of their limbs with a momentary pause. We, on the other hand, need the earth: for rest, for repose from the effort of the dance; but this rest of ours is, in itself, obviously not dance; and we can do no better than disguise our moments of rest as much as possible."

인형극에 나오는 인형이나 만화 속의 인물처럼 픽션 속의 인물도 시간의 흐름을 초월해 인과관계를 뒤집는다. 픽션에서는 현실과 달리 시간도 사랑도 오직 그 의미만으로 존재하기 때문이다.

 그래서 사랑이 견딜 수 없는 잠시의 슬픔이지만 동시에 영원한 기쁨이리. 그러니 우리 모두 희랍인 조르바 ZORBA THE GREEK 처럼 춤을 추어볼거나.

구름잡이라
해   도

우리가 구름잡이라 할 때는 그 실체가 없다는 말이다. 요즘 우리가 '구름clouds'이라 할 때는 하늘에 떠다니는 구름이기보다는 '데이타 구름data clouds'이나 '네트워크 구름network clouds'을 말할 정도로 자연계와 기계문명의 기술계가 구분이 분명치 않게 되었다.

최근 출간된 저서 '경이로운 구름The Marvelous Clouds'에서 미국 아이오와대학에 근무하는 커뮤니케이션 학자 존 피터스John Peters 교수는 클라우드가 우리의 새로운 환경으로 가까운 미래에 잡다한 모든 것들이 모두 구름 속으로 들어가고, 인간의 몸이 단

말기가 되어 구름과 우리 몸 사이에 문서와 영상이 흐르는 세상이 도래할 것이라고 예측한다. 우리는 흔히 매체^{media}가 환경^{environments}이라고 생각하지만 그 역逆도 또한 진眞이라는 주장이다.

2015년 10월에 나온 신간 '모든 것의 진화 : 어떻게 새로운 아이디어가 생성되는가^{The Evolution of Everything: How New Ideas Emerge}'와 '붉은 여왕 : 성性과 인간성의 진화^{The Red Queen: Sex and the Evolution of Human Nature}, 1994' 그리고 '유전체遺傳體 게놈^{Genome}, 1999'과 '합리적인 낙관주의자 : 어떻게 번영이 이루어지는가^{The Rational Optimist : How Prosperity Evolves}, 2010' 등 베스트셀러 과학명저의 저자이면서 영국의 저널리스트인 매트 리들리^{Matt Ridley}는 최근 한 인터뷰에서 "과학이란 사실을 수집해 나열해 논 카탈로그가 아니고, 새롭고 더 큰 미스터리를 찾는 일^{science is not a catalog of facts, but the search for new and bigger mysteries}"이라고 말한다.

아일랜드의 철학자 조지 버클리(비숍 버클리라고도 불린다. ^{George Berkeley/Bishop Berkeley} 1685-1753)는 "세상은 다 우리 마음속에 있다^{The world is all in our minds}"라고 했다지만 불교에서 말하는 '일체유심조'와 같은 뜻이리라. 우리 선인들은 인생이 하늘의 한 조각 뜬구름 같다고 했다. 구름이 있으면 천둥번개도 있게 마련이다.

박후기(1968-)의 시 '격렬비열도'가 떠오른다.

격렬과

비열 사이

그

어딘가에

사랑은 있다

"그 이름도 독특한 격렬비열도는 우리나라 제일 서쪽에 위
치해 있어서 '서해의 독도'라고도 불린다. 그러나 독도처럼 홀
로 있는 게 아니라 격렬, 비열, 그리고 사랑처럼, 동격렬비열
도, 서격렬비열도, 북격렬비열도 세 개의 섬으로 이뤄져 있
다. 원래 무인도였는데 얼마 전 사람이 있는 등대가 부활돼,
조금 따듯해졌다" 며 "시인은 자연물에 인위적인 기법을 덧입
힌다. 그리고 예술은 이 기법을 경험하는 한 방식이다. 격렬하
고 비열한 사랑을 해본 자만이 이 일을 할 수 있다. 사랑은 낮

아서 높고, 높아서 쓸쓸하며, 그 쓸쓸함 때문에 때로 비열의 길을 걷는다. 그리하여 격렬과 비열은 쌍둥이 같다. 사랑이 늘 위태로운 이유다."고 오민석 시인은 이렇게 풀이한다.

'전쟁은 여자의 얼굴을 하지 않았다'는 2015년 노벨문학상 수상작가 스베틀라나 알렉시예비치의 대표작이다. 소설가도, 시인도 아닌 그녀는 자기만의 독특한 문학 장르를 창시했는데, '목소리 소설 Novels of Voices'이라고도 하지만 작가 자신은 '소설-코러스'라고 부른다. 프랑스에 거주하고 있는 알렉시예비치는 현재 새 책 '영원한 사냥의 훌륭한 사슴'을 탈고, 그 마무리 작업 중인데, 다양한 세대 간 남녀 간의 사랑 이야기라며 이렇게 말한다.

"그 동안은 사람들이 어떻게 서로 죽이고 죽는지에 대한 책을 써온 것 같아요. 하지만 그게 인간 삶의 전부는 아닙니다. 이제 저는 사람들이 어떻게 서로 사랑하는지 쓰고 있어요. 사랑은 우리를 세상다운 세상으로 인도합니다. 나는 사람들을 사랑하고 싶어요. 사람을 사랑하기가 점점 더 어려워지고 있지만요."

정녕 세상살이가 구름잡이처럼 그 실체가 없다 해도, 또 그 실체라는 것이 고체나 액체나 기체로 그 형상과 형태가 변하지만, 그 원소 H_2O만큼은 변하지 않고 항상 같듯이, 우주의 본질은 언제나 사랑이리라.

고드름 고추가 되던 이슬방울이 되던 숨찬 뜨거운 입김이 되던, 천둥번개를 몰고 오는 구름이어라. 르네상스 시대의 이탈리아 사상가이며 정치철학자인 니콜로 마키아벨리^{Niccolo' Machia-velli}(1469-1527)도 말했다지 않나. "운명의 신이 여신이고 그대가 그녀를 얻고자 한다면, 그녀는 계산적인 사람보다는 과단성 있게 행동하는 자에게 끌릴 것이다."라고.

아, 그래서 자고로 미인은 용자勇者의 차지라 하는 것이리. 그러니 우리 모두 각자는 각자 대로 무지갯빛 구름 타고 달콤한 사람과 언제나 애틋한 사랑을 꿈꾸리라.

그러니까
사랑이다

'외로우니까 사람이다'라는 시인 정호승의 말에 나는 '그러니까 사랑이다'라고 화답하리라.

남녀 간의 사랑도 그렇지만 부모와 자식 간의 사랑도 매한가지로 자기를 마음에 두지 않는 짝사랑인 것 같다. 물이 아래로 흐르듯 내리사랑은 있어도 치사랑은 없다고 한다. 그렇다면 효도란 자연의 섭리와 천리天理를 거슬러 치사랑을 강요하는 게 아닌가. 그 한 예가 '심청전'이고 그 반대는 '고려장'이라 할 수 있다.

부모와 남자의 사랑이 주는 것이라면 부모와 남자의 사랑을 받는 대상은 자식과 여자이다. 그 사랑을 받아서 되돌려주는 것이 '되사랑'이다. 자식이나 여자로서는 부모와 남자의 사랑을 감사하고 기꺼이 받아 주는 것으로 셈이 끝난다. 주고 싶은 사랑을 거절하지 않고 받는 것이 주는 일이고 더 큰 선물이 된다.

1950년대 내가 청소년 시절에 들은 미국 가수 해롤드 척 윌리스Harold Chuck Willis (1928 – 1958)의 노래가 있다. 반복되는 가사 '내가 뭣 때문에 사는데, 널 위해서가 아니라면What am I living for if not for you'이 평생토록 내 머리 속에 그리고 내 가슴 속에 메아리치고 있다.

'널 위해서' 숨 쉰다 할 때, 이 '너'는 짝사랑하는 연인일 수도, 자식일 수도, 아니면 좋아하는 일일 수도 있으리라. 다만 '널 위한다'는 구실로 상대방에게 부담감이나 고통을 준다면 이는 사랑이 아니고 제 욕심에 불과하리라. 이런 욕심과는 달리 순수한 열정이 있을 때 진정으로 스스로를 사랑하고 동시에 우주를 사랑할 수 있게 되는가 보다. 그 좋은 예가 '레이디 가가'가 아닐까. 최근 예술과 예술교육을 장려하는 비영리 단체가 주는 상을 받는 수상연설에서 그녀는 이렇게 말했다.

"어렸을 때 내가 커서 뭐가 될는지는 몰랐지만 난 언제나 조금도 겁먹지 않고 용감하게 우주의 열정이 어떤 것인지, 그 소리가 어떤지, 그 느낌이 어떤 것인지, 내 삶을 통해 여실히 보여주고 싶었다. I suppose that I didn't know what I would become, but I always wanted to be extremely brave and I wanted to be a constant reminder to the universe of what passion looks like. What it sounds like. What it feels like."

이 말은 '호기심'과 '열정'이 '사랑'과 동의어가 된다는 뜻으로 들린다. 그녀처럼 우리도 모두 자신과 자신의 삶을 자신의 걸작으로 한 가락 한 가락씩 완성해나가야 하지 않을까. 그러면서 내리사랑, 치사랑, 짝사랑, 되사랑 가릴 것 없이 이 무궁무진하게 엄청난 우주의 에너지 열정으로 무지개처럼 신비롭고 아름다운 사랑이라는 배를 타고 코스모스바다로 우리 같이 노를 저어 보리라.

닫는 글 ────

사 랑 하 는
순 간 만
영 원 하 리

────────

생명이 있는 것은 반드시 죽는다고 생자필멸生者必滅이라 하고, 아무리 성한 사람도 반드시 쇠할 때가 있다고 성자필쇠盛者必衰라 하며, 상식으로 태어난다고 생각하는 그 생生도, 그 실은 무생無生이라고 하는 뜻으로 생즉무생生卽無生이라고 한다.

'투리토프시스 누트리쿨라turritopsis nutricula'라고 불리는 불로장생의 생명체가 해양생물학자들의 지대한 관심을 모아 활발한 연구가 진행 중이다. 모든 생물이 생로병사를 면치 못하지만 이 해파릿과의 생명체만큼은 늙으면 다시 어린 시절로 돌아가 계속해서 생명을 연장해간다. 그야말로 불교에서 말하는 '

윤회'가 이승에서 일어나고 있다는 얘기다.

이 믿기지 않는, 신화神話 아닌 생물화生物話의 기적 같은, 아니 기적 이상의 자연현상을 과학자들은 이형분화transdifferentiation의 원리로 설명하는데, 이 현상은 하나의 세포가 또 다른 세포로의 변형을 말한다. 그 한 예로 도마뱀이 꼬리를 잘린 다음에도 그 자리에 다시 꼬리가 생기는 경우다. 그러니 태아 상태에서 성장했다가 다시 태아로 돌아가는 생명의 '영생불멸永生不滅이 아닌가. 이 신비로운 생명체는 전 세계 바다에서 발견되고 있다고 한다.

요즘 고령화 시대로 접어들어 사람이 장수하는 것이 복인지 화인지 모를 지경인데, 인간도 이 해파리처럼 죽지 않고, 늙으면 다시 젊어지고, 영원무궁토록 생명이 반복해서 연장된다고 상상해보자. 영원히 늙지 않고, 영원히 죽지 않는 삶이 이어진다고 상상해 보면, 그렇다면 청춘의 아름다움도, 삶의 소중함도, 인생의 희로애락喜怒哀樂도 모르지 않겠는가. 양념이나 간이 전혀 안 된 음식을 한도 끝도 없이 먹는다고 상상해보자. 떨어져 봐야 임이고, 떠나와 봐야 고향이다. 자지 않고 보지 않고, 늘 깨어 눈만 뜨고 있다 상상해보자. 아무리 서로 좋아하는 사람끼리도 한시도 떨어지지 않고 하루 24시간 온몸

이 꼭 붙어있다고 상상해보자. 그 좋은 섹스도 쉬지 않고 계속
해야만 한다면, 더 이상 쾌락이 아니고 고역苦役 같은 중노동重
勞動이 되고 말리라. 어둠이 없는 빛을 상상인들 할 수 있으랴.
삶도 사랑도 마찬가지 아니랴.

그렇다면 진정으로 사랑하는 순간만 영원하리. 그 한 예를
들어보자. 이미 많은 사람들이 보고 깊은 감명을 받았을 테지
만, 네티즌이 2003년 최고의 감동을 준 사연으로 채택한 글을
더 많은 사람들과 나누고 싶어 옮겨 본다. 우리는 모두 이 이야
기에 나오는 아들자식이 아닌가 하는 생각을 해본다.

우리 어머니는 한쪽 눈이 없다. 나는 그런 어머니가 싫었다.
항상 다른 사람들 웃음거리가 되어 왔기 때문이다. 우리 어머
니는 조그마한 노점상을 하면서 나물 같은 것들을 캐다 파셨
다. 나는 그런 어머니의 모습조차 정말 창피했다. 초등학교 시
절 어느 운동회 날, 엄마가 학교에 오셨다. 나는 너무 창피해
그냥 뛰쳐나왔다.

다음날, 학교 애들이 "00엄마는 눈도 없는 병신이래요."하
며 놀려댔다. 나는 엄마가 차라리 세상에서 사라져 버렸으면
좋겠다는 생각에 "엄마! 엄마는 왜 한쪽 눈이 없어? 정말 창피

해 죽겠어!"라고 말했다. 하지만 엄마는 아무 말도 않으셨다. 그날 밤 물을 마시러 부엌에 갔는데 어머니가 울고 계셨다. 그 모습조차 정말 보기 싫었다.

나는 가난한 환경, 한쪽 눈이 없는 엄마도 싫었기 때문에, 성공하기 위해 악착같이 공부했다. 그 후 서울로 올라와 열심히 공부하여 당당히 서울대에 합격하였다. 세월이 흘러 나는 결혼하고, 아내와 아이, 셋이서 너무나 단란하고 행복했다. 엄마의 존재도 잊어버리니 더욱 좋았다.

그러던 어느 날, 내 엄마가 집에 찾아 왔다. 한쪽 눈이 없는 채로 흉하게 서 있는 어머니! 나는 어머니가 돌아가셨다고 거짓말을 했기 때문에 모르는 사람이라고 외면했다. 아이가 무섭다며 울었다. 나는 왜 남의 집에 와서 애를 울리냐고 도리어 화를 냈다. 얼마 후 동창회에 가기 위해 고향에 내려갔다. 그리고 어머니 집에 들러 보았다. 엄마가 쓰러져 계셨다. 그 모습에도 나는 눈물 한 방울 나오지 않았다. 어머니 곁에는 한통의 편지가 떨어져 있었다.

"사랑하는 아들 보아라. 엄마는 이제 살만큼 산 것 같구나! 이제는 서울에 안 갈게. 그래도 네가 가끔 내려와 주면 안 되겠니? 엄마는 아들이 너무 보고 싶구나. 엄마는 네가 동창회를 하러 올 거라는 소식을 듣고 너무 기뻤다. 하지만 학교에 찾아 가지 않기로 했어. 한쪽 눈이 없어서 정말로 너에겐 미안한 마음뿐이다. 넌 어렸을 때 교통사고로 한쪽 눈을 잃었단다. 어미는 너를 위해 내 눈을 주었단다. 그 눈으로 세상을 당당하게 살아가는 네가 너무 기특했다. 난 네가 엄마한테 아무리 짜증내도 맘 편히 기댈 수 있어 그런 거라 생각했다. 아들아! 어미가 먼저 갔다고 절대 울면 안 돼. 사랑한다. 내 아들!"

나는 갑자기 죄송함과 가슴이 무너지면서 눈물이 왈칵 솟구쳤다.

"엄마, 사랑하는 엄마! 왜 그 동안 말 해주지 않았어? 엄마를 미워하고 좋은 것도 대접하지 못하고 잘 입혀 드리지 못해 정말 죄송합니다. 사랑해요. 어머니! 그리고 감사합니다. 엄마가 병신이 아니라 제 마음이 병신이라는 걸 이제야 안 이 못난 놈을 용서하세요. 어머니 사랑합니다. 어머니!"